朝霧晴

「呀呵——！大家內心的太陽，朝霧晴高高升起嘍！」

最喜歡看到大家展露笑容，是充滿活力的女學生。由於好奇心極為
時衝動下，做出讓周遭人
行舉止。

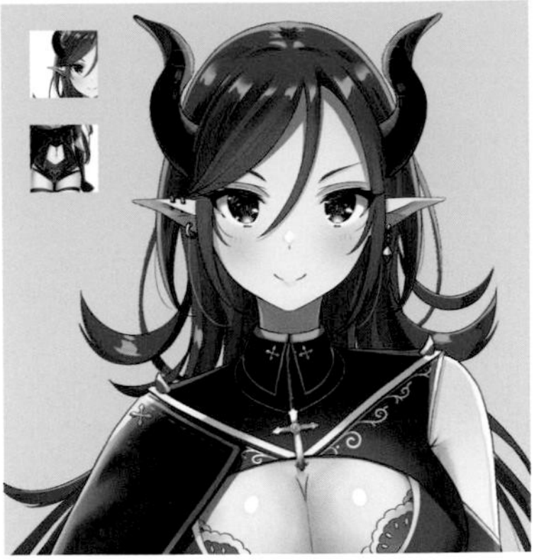

宇月聖

「嗨各位！大家的聖大人亮相嘍！」

前世是以男人的精氣為生的魅魔，卻因為只對同性（女性）有興趣而餓死。歷經轉
上的角是前世殘留至今

U0074687

神成詩音

「巫女好——！我是大家的媽咪神成詩音喔！」

讓九尾狐狸附身的巫女，以神明使者的身分守護人界的和平。由於多達九條的尾巴會受到感情的起伏而劇烈晃動，站在她身後時要小心。

晝寢貓魔

「喵喵——！被香香的味道吸引而來！我是晝寢貓魔喔！」

最愛午睡的異色瞳獸娘。但只要有人在附近吃東西，她便會睜著閃亮雙眼接近而來。餵她吃東西就會很開心。即使不這麼做，一旦摸摸她，也會讓她感到開心。

相馬有素

「報告！相馬有素來報到了是也！」

以解放自我為宗旨的偶像團體——解放軍成員之一。冷酷外貌讓她深獲男女雙方喜愛。然而因為內在是個草包，導致成員總是煞費苦心地維護她的形象。

苑風愛萊

「呀呵～大家～！過得好嗎～的喲～！我是愛萊動物園的苑風愛萊的喲！」

在網羅了各式動物的大型主題樂園——愛萊動物園擔任園長的精靈。動物們不知為何都對她展露出唯命是從的姿態，深得牠們的崇敬。

山谷還

「這裡是跨越高山、跨越低谷，最終抵達的歸還之處。歡迎造訪山谷還的頻道。」

在心地善良者身負重傷時悄然現身，為其施加治療後隨風離去的女子。全身上下充滿了謎團。

Live-ON

雀屏中選的閃耀少女們

最新消息｜商品
活動方針｜旗下藝人｜公司概要

彩真白

「大家真白好——咱是暱稱真白白的彩真白喔。」

視繪畫為人生目的的插畫家。雖然嘴巴有點毒，但其實是個很會照顧人的溫柔少女。

心音淡雪

「各位晚安，今晚也是飄著美麗淡雪的好日子。我是心音淡雪。」

只會在淡雪飄零之日現身，散發神祕氛圍的美女。那雙吸睛的紫色瞳眸深處，似乎藏著某種祕密……

祭屋光

「好光光！祭典的光芒招來人群！我是祭屋光！」

在全國各地舉辦的祭典上現身的祭典少女。據說即使相隔兩地舉辦，她也會在同一時間現身於兩場祭典之中。

柳瀨恰咪

「將大家帶往至高治癒之地的柳瀨恰咪姊姊來嘍。」

原本個性內向，卻鼓起勇氣，成功以外向的個性出道並大獲成功。然而內在並未因此改變，是以雖然看似開朗，但仍殘留著陰沉的內裡。

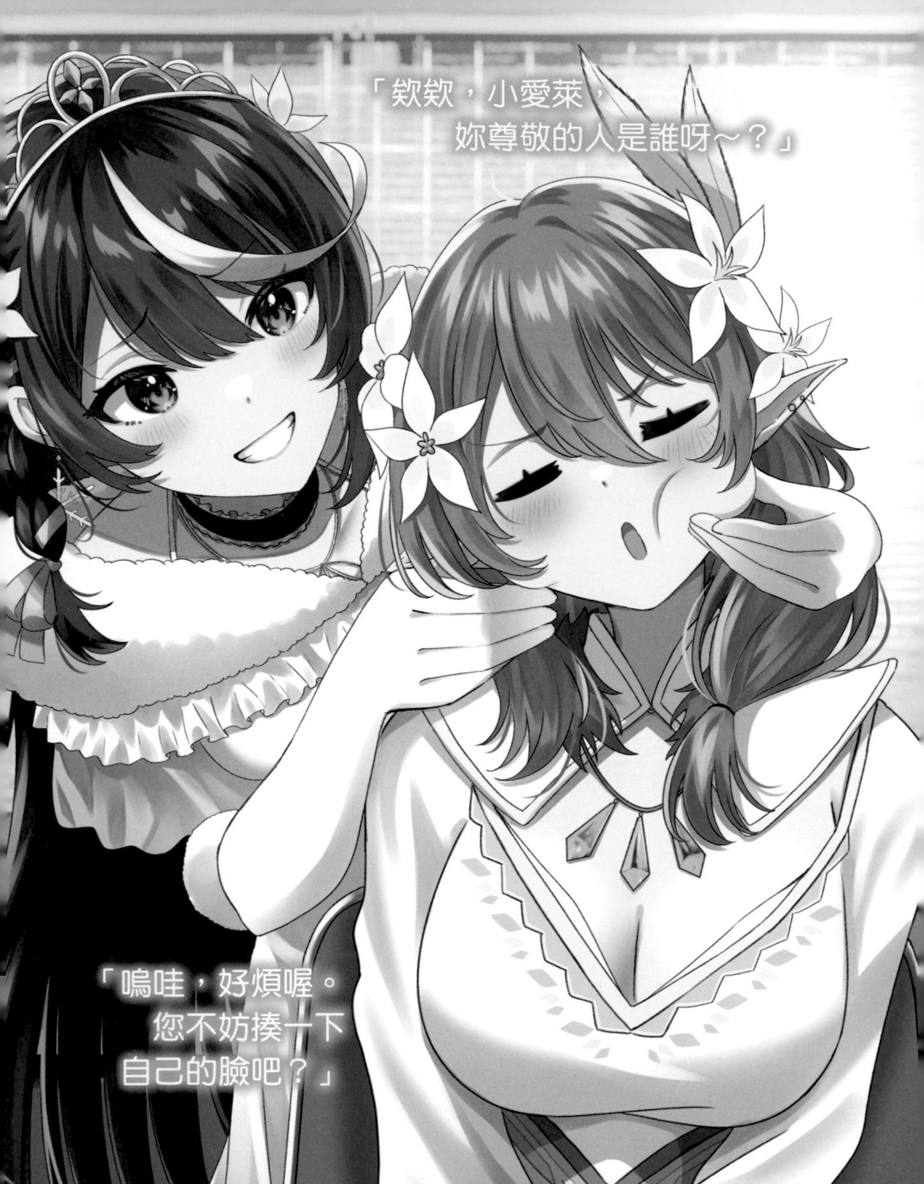
「欸欸，小愛萊，
妳尊敬的人是誰呀～？」
「嗚哇，好煩喔。
您不妨揍一下
自己的臉吧？」

Contents

七斗七 插畫 塩かずのこ

Kadokawa Fantastic Novels

身為VTuber的我因為忘記關台而成了傳說［6］

彩頁、內文插畫／塩かずのこ

真不愧是知名「歪」科醫師淡雪小姐。
真白白儘管哭吧。
妳果然是三期生呢。
¥50,000
歡慶紀念日！
歡迎回來。
三期生紀念直播
Anniversary Live
#白雪茶屋
身為VTuber的我
因為忘記關台
而成了傳說 5

迄今為止的前情提要

觀看次數：999,999,999次・2022/09/20　9999　155

小咻瓦剪輯頻道
12.5萬 位訂閱者
已訂閱

敗給了強◯（註：惡搞日本文豪宮澤賢治的詩作〈不畏風雨〉）

輸給了強◯
輸給了女人
直播的觀看數也輸了
看著化身的全身圖
充滿了性慾
總是咧嘴哈哈大笑
一天一罐500ml
吃著觀眾提供的留言和蜂蜜蛋糕
不管遇到什麼事
都先加點強◯再說
曲解所見所聞
然後忘個精光
在網路上YoTube的角落
有個糟糕VTuber薈萃的團體
東邊若有喉嚨壞掉的小光
就去把她調教成超級受虐狂
西邊若有疲憊的嬰兒
就去成爲她的超媽咪
南邊若有快死掉的團長
就去扒下她的外皮變成組長
北邊若有看似閒暇的野貓
就去和她一同處理歷史穢物
晴晴的演唱會眞的超棒
小有素的盲信折騰死我了
被詩音媽咪變成了小娃娃
想被眞白白稱讚
小恰咪變成那樣不是我的錯
被說是聖大人的同類
讓我不禁潸然淚下

序章

『在此鄭重向各位告知，我——星乃瑪娜……已決定將從VTuber的事業畢業。』

「真的假的……」

在未開台的時間，有個奇怪的女子正凝視著手機裡播放的動畫，在家來回踱著方步。那便是本人田中雪。

『實際的畢業時間是一個月後。突然發布這則通知，真是非常不好意思。』

「真的假的……嗚哇真的假的……」

我發出了缺乏教育水準的囈語，漫無目的地在家裡繞了一圈又一圈。

之所以會陷入這種茫然若失的狀態，當然是因為顯示在手機上的這則影片。

星乃瑪娜要畢業了……況且宣布得相當突然。

但凡是對VTuber界稍有涉獵的人，肯定聽過星乃瑪娜的大名，我在前陣子回覆蜂蜜蛋糕的時候也稍有提及。此時的我持續在家裡繞著圈圈，並追憶起與她相遇的那段日子——

她誕生於晴前輩於Live-ON出道的很久很久之前——當時的Live-ON尚未嶄露頭角，連箱的概念都還不夠普及，是整個VTuber業界的黎明期。

至於她留下的功績，便是在那個VTuber仍是個極少人從事的行業的時期裡，透過隸屬企業的支援，積極地製作了許多標新立異的影片。這樣的行為可說引領了整個業界，並為業界的發展打下基礎。

很快地，小瑪娜成了一提到V就會立即讓人聯想到的知名人士。而她與同時期一樣表現出眾，博得大量人氣的三名V，便被稱作「VTuber四天王」，成了宛如閃耀明星般的存在。

約莫從那時起，像我們這樣以「箱」（這原本是偶像圈的術語）的團體形式登場的V便嶄露頭角，小瑪娜卻依然在這樣的時代裡一馬當先，持續以VTuber的姿態大放異彩，在V界的歷史深深地烙下了她的名字。

時至今日，拜其極其專業的態度和個人魅力所賜，她在V的業界裡幾乎是被奉若神明。

而我這種小角色自然是無緣高攀。也因為我是看了Live-ON之後才深陷V圈，是以在她逐漸成長為明星的那段期間，我並不是即時關注的一分子。

但我還是很清楚，自己之所以能以V的身分進行活動，都是有小瑪娜她們這些大前輩打下良好基礎的緣故，是以我對她們也抱持著最高的敬意。

而她——終於到了畢業的這一天。

『感謝各位迄今的支持。啊哈哈……雖說入行至今還不到十年，但我累積的回憶實在是多得數不清……這段入行的日子，如今已是我人生裡最為美妙的一段時光。我完全不會為此後悔，這是我一輩子的驕傲。』

「真的假的——————嗚嗚嗚嗚——————」

老實說，我並非頭一次播放這段影片。

我已經重播了不曉得多少次，每次觀看，都會重複著上述這般詭異的行動。

V是個淘汰率極高的業界。儘管Live-ON目前還看不出被淘汰的徵兆，不過偶爾也會談論關於畢業的話題。

即使如此……我依舊深受打擊。

憧憬之人選擇急流勇退固然讓我傷心，但看到催生出諸多V的小瑪娜也步上了畢業之路，就讓我覺得像是看到了一個時代的結束，湧現出一股無以為繼的空虛感。

各大社群網站正熱烈討論著這個話題，就連Live-ON的共用聊天室裡也充斥著大家驚愕的反應。她真的是受到眾人愛戴的VTuber呢。

『呃——雖然講這些聽起來很客套！但我在這最後的一個月依然會全力以赴，即使在畢業之後，仍會成為大家內心的閃耀明星喔！還有整整一個月喔！不要忘記我喔！』

「嗚嗚嗚嗚小瑪娜啊啊啊啊啊——————！」

就算宣布了畢業的消息，小瑪娜依舊表現得活力充沛，讓我感到十分不捨。

重大宣佈

儘管宣布得相當突然，不過從她展露的態度來看，這想必是計畫已久的決定吧。縱使沒有直接接觸的機會，這也是同行大前輩的畢業典禮。身為一個好的後進，該盛大歡送她才對。

『而在一個月後……我會舉辦特別的畢業直播，並正式和大家做個道別。不好意思，請大家原諒我的任性。不過，如果大家願意賞光，我會很開心的……我不喜歡死氣沉沉的感覺，所以希望最後能掛著笑容畢業呢！』

「嗯！我會看！我一定會去看台的！」

對了，這一個月就去回顧小瑪娜以前上傳的影片吧。我要沉浸在這片回憶之中，笑著為她的畢業送行。

『那麼，我要在這最後的一個月繼續努力啦——！』

小瑪娜活力十足地這麼大喊後，影片就結束了。我雖然還想再重看一次，但老是重複觀看也不是辦法。

沒錯，現在可不是連我都消沉下來的時候！既然身為小瑪娜悉心呵護的世界的一分子，我就該表現得更加閃耀才行！淡雪，妳要振作一點啊！

我為自己加油打氣後，決定關掉這部影片。

第一章 像創直播3

那麼那麼，這次開台預計在回覆蜂蜜蛋糕之後，便會開始像創的直播（這幾乎成了最近的慣例）。順帶一提，我今天沒開喝。

起初，Live-ON的像創伺服器幾乎沒什麼人造建築，放眼望去都是一片大自然的景色，但由於狂熱派和享受派都持續地登入進行活動，如今已經形成了建築比鄰的巨大「城鎮」，規模還一天天地擴大著。

我是屬於心血來潮時才會上線的純粹享受派，今天的企畫，便是和觀眾們一同上街觀光。

我還是頭一次挨家挨戶地探訪，想必也會有很多首次看到的設計吧。不只是觀眾而已，連我也會樂在其中喔！

如此這般，我向觀眾們說明完上述事項後，在像創的登入頻率進入顛峰時段之前，就先將時間劃分給蜂蜜蛋糕吧！

「呃～就是這麼一回事。讓我們來看第一則蜂蜜蛋糕吧！」

@我把強○張價的事情告訴老婆了。

我沒有老婆。

我突然痛哭流涕了起來。@

「啊～確實是漲價了呢……該怎麼辦……我現在感到苦惱的是，我進入咻瓦狀態的時候，觀眾們往往會把超商的標價稱為『神聖三位數』，並投來相同金額的超留，但這數字突然有了變動，大家應該會陷入一陣混亂吧……對啦！事已至此，今後就把強○的價格不論新舊都視為神聖三位數吧！畢竟未來肯定還會有變動的嘛。咻瓦也說過，凡是強○走過的蹤跡，都該滿懷著莊重的心情敬拜呢！」

：神聖三位數（變動制）笑死。

：還真是自由的教派啊www

：就某方面來說，這確實是很強○呢！

：也就是說162和220都能算進去了是吧？

：我要使用習以為常的舊制啦！　¥211

「大概就是這種感覺了，還請大家多多指教！……另外，蜂蜜蛋糕的內容比原哏還要更加悲傷，所以連草都生不出來呢……對啦，不然大家都去娶小恰咪當老婆吧！」

@我原本想著「好咧～來想個好點子投稿吧。」但怎麼看都覺得蜂蜜蛋糕的圓柱體根本就是強〇，所以滿腦子都是它了。

這難道就是戀愛嗎？@

「這種戀愛的對象是不是太邪門了一點？喏，別顧著看那種咻瓦咻瓦的氣泡酒，多看我幾眼呀！喏，這是真愛距離喔～？呵呵呵，既然是今天的第一次，那就再奉送親親表情給你們吧！嗯嗯嗯～」

：拳頭硬了。

：把眼睛睜開啦。

：講話啦。

：用毫不修飾的話語否定到底笑死。

：吸取之吻（註：典出遊戲「精靈寶可夢」系列的招式，在造成對手傷害的同時吸收體力）**好可怕！感覺我體內的檸檬味會被吸個精光。**

：→這位仁兄難道是強〇先生嗎？

：現在是連強〇都會來V的直播留言的時代呢。

：真可愛（小聲）。

：小淡只要不喝的話……！

「嗯～討厭啦！各位最近是不是對我太冷淡了一點？都講過好幾次了，我可是很清秀的喔！剛剛的表現如果有哪邊看起來不夠清秀，就大方地指出來吧！這不是讓第一次來看的觀眾都露出困惑的反應了嗎！」

：這已經和外觀或是嗓音等的次元無關，直接體現在氣場之中了。

：您身上的數位刺青（註：泛指使用者在網路上留下的種種足跡）**太多了，我看不見清秀的肌膚嘍。**

：她有張很漂亮的臉蛋對吧？明明就是一瓶酒呢！

：文章脈絡的破壞力超強笑死。

：光是自己連講好幾次清秀，就有往自己臉上貼金的嫌疑嘍。

「嗯——該怎麼說呢，可以請各位別講得這麼一針見血嗎？（哭）」

：別扮成垃圾嘍囉版本的〇之（註：指日本匿名討論板「2ch」的創辦人西村博之，由於言詞犀利而有「論破王」之稱）**啦。**

：欠缺才能的世界線的〇之。

：把創設匿名討論板的時間拿去喝強〇的世界線的〇之。

：這已經不是〇之，而是〇雪了吧。

：逐漸變成淡雪笑死。

：喝強〇的人都是天才。

：是在諷刺嗎？

：哎不過小咻瓦就某方面來說的確是天才……

「你各位啊，我最近是真的有在思考喔。要是真的有那種徹頭徹尾的新進觀眾來看台，結果看到的不是小咻瓦而是我，究竟會有什麼感想呢？這場直播應該也有真的是首次光臨的觀眾在吧？還是說來看的觀眾大多已經看過精華剪輯，所以心裡都有底了？」

：我是第一次看，您長得真像強〇呢！

：我是第一次看（噗咻！）

：我是第一次看。　¥211

：我是第一次看，您吐過了嗎？

：我是第一次看，可以拿您爆擼一番嗎？

：我是第一次看，請來一份米蘭風大猩猩（Gorilla）。

「喂！剛才這些留言的人絕對都不是第一次看的吧！把聊天室當成大喜利會場可是一點也不清秀的喲！」

：笑死。

：不，等等，最後那個疑似是從薩利亞來的傢伙有可能真的是第一次看喔！

：講這個有點遲了，但應該不是大猩猩（Gorilla）而是肉醬焗飯（Doria）才對吧？

：一定是一位時髦的大猩猩呢。

：感覺會去擔任組長的保鑣。

「不不，這位十之八九不是第一次來看台的觀眾吧？因為各位觀眾之中應該不會有人特地跑去看其他箱的超清秀直播主，還在聊天室留下『米蘭風大猩猩』一類的留言吧？」

：不去其他箱就找不到清秀的直播主實在是太難受了。

：明明感覺隨處可見……這便是此一業界的恐怖之處。

：我真的是第一次看台，我笑得超開心的！今後也會支持妳的！

：我完全是第一次看。雖然可能算不上清秀……但我超喜歡妳的！

：喔？

「咦、啊？真的有第一次來看台的觀眾嗎？真、真是謝謝大家……嘻嘻，那個，能讓你們感到開心，我也非常高興喔！請、請你們今後也要來看台喔！欸——這樣說會不會像是在施壓啊？啊哈哈，那個——我、我開台的宗旨是希望大家都能看得開心，方便的話，還請今後也經常來看喔！」

：咦？好清秀啊？

：妳是誰？

：明白小淡自始至終都很清秀的就只有我而已喔。
：對第一次看台的吸引力好強啊。
：最初認為的心音淡雪形象。
：我想Live-ON從一開始就沒想到會有這種形象喔。
「呼！聽到第一次來看的觀眾也目光如炬地看出了我清秀的氣質，讓我心情都好了起來呢！就順著這股氣勢回覆下一則蜂蜜蛋糕吧！」
@哦！是去除碳酸的強〇……真是了不起（註：典出漫畫《刃牙》的路人角色台詞）！
※上次在玩密室狼人殺之際，您曾在開頭說過有大量去除碳酸的強〇正在等著您，請問之後是否順利享用了呢？若您方便，還請評比和普通版的差異之處。@
「啊，是那回事呀……嗯，我前陣子順利把它們都喝光了。該怎麼說……味道就像是中年發福的強〇一般呢，感謝招待。」
：巧妙地閃爍其辭呢笑死。
：為了琵琶晨光（註：日本賽馬，以喜好香蕉出名）大姊，快弄出香蕉口味的強〇吧。
：以上便是去碳酸淡雪的心得。
：咦？小淡原來喝了強〇？
：哎呀？

：明明曾主張過不是同一人物，卻在這裡扯了自己後腿。

「啊，不是、啊……」

糟、糟糕啦！迄今以小淡的身分直播之際，我都極端刻意地避免做出「我喝過強〇了」一類的宣言。但因為被誇了清秀讓我一時心喜，不小心就鬆懈下來了！

該怎麼辦？要好好澄清嗎？不行，我剛才的語氣太認真了，很難敷衍過去呀！

……好吧，事已至此，就借用某位諧星的論點來回應吧。

「是呀，我喝嘍？我確實是喝了。不過，那罐強〇在除去碳酸的同時也揮發了酒精，所以等於是零酒精——只是成人的果汁飲料罷了。我就算喝了也不成問題。」

：咦咦咦……

：感覺是在哪裡聽過的理論呢。

：別將錯就錯啦。

：零酒精理論笑死。

呵呵呵，怎樣啊？這就是借鑑零熱量理論（註：搞笑藝人組合「三明治人」的哏）的零酒精理論，看我用這招度過難關！

「想反駁的話但說無妨！人稱V界〇之的淡雪可是會用犀利的言詞打垮你們喔？」

：剛才求大家別一針見血的傢伙好像在嚷嚷些什麼呢。

：可以請您別信口開河嗎？

：不過這代表您的家裡有強〇對吧？是您買的嗎？

「我在逛超市的時候口渴，想買碳酸飲料卻買錯了。我是在口渴的時候喝的，因此酒精都卡在喉嚨，並沒有被身體吸收，是以等於是零酒精。應該說，我喝的連碳酸都去除了，所以酒精濃度是負值喔。我喝的是酒精濃度負9度的飲料。」

：負度數笑死。

：是說強〇的製作工法，是在瞬間冷凍的製程中將酒精也一同凍結，既然酒精都死過一次了，所以打從一開始就是零酒精喔。

：既然酒精加熱後會揮發，冷凍之後想必也會揮發吧～

：講著和蚵仔煎理論（註：漫畫《格鬥金肉人》系列的作者「蚵仔煎」獨創的理論）差不多的話呢。

：可是罐子上明明就寫了酒精濃度為9％⋯⋯

：是標示錯誤啦。

：可是我上次喝完之後明明就酩酊大醉⋯⋯

：只是因為太好喝讓身體嚇一跳啦。

：實際上，那個瞬間冷凍只是能讓果實結凍的溫度，不是連酒精都一起凍結呢。

：是說我記得酒精是不會結凍的吧？要是溫度真的有低到那種程度就當我沒說。

「是說，這不僅限於強〇喔。只要由冰清玉潔的我伸手觸碰，無論是酒還是果汁還是泥漿，都會神奇地變成純淨的水喔。」

：像是阿〇婭（註：輕小說《為美好的世界獻上祝福！》的水之女神）**大人一樣呢。**

：感覺摸到的東西都會變成強〇。

：耶穌之手。

：真不愧是怪獸零號。

：要好好把零的部分粹取出來啊。

：在您將錯就錯的時候提這個相當抱歉，但為時已晚了。

：講得愈多，就愈是像是拚命為自己是個酒鬼的事實表達肯定的樣子笑死。

「這是你個人的感想吧（哭）。」

不行不行，總覺得再用這個論點講下去，我的形象就會和清秀漸行漸遠了。

還是來唸下一則蜂蜜蛋糕吧……

@請盡可能地用最快的速度唸出「欸，來親親吧？」

然後請放慢速度唸「合併症」（註：日文若放慢速度唸，便會音同「欸，來咳——呸吧」）。@

「這是來找架吵的吧？應該要反過來才對吧？還有，我覺得放慢速度唸合併症好像也沒什麼意義……但我還是會唸的喔。『中暑』（註：日文若放慢來唸，便會音同「欸，來親親吧」）就照著他的要求唸吧。不過問題在於放慢速度唸『合併症』呢。你各位呀，可要仔細聽好嘍？我光是講合併症這三個字，就會唸得各位心蕩神馳喔。如果各位真的聽得為之心動，就要乖乖認輸，好好對我這個清秀之人抱持著崇敬之心呀。」

：喔！

：上啊！小淡！

：我按下靜音鈕了。

很好，那就先做一次深呼吸…………我要上啦！

「欸，來咳……咊吧？♥」

：噁爆www我要取消訂閱啦wwwww

「（砰磅磅磅磅磅磅磅！磅！磅！磅！磅！磅磅磅磅磅磅磅磅！哐啷哐啷哐啷哐啷哐啷……）」

：大草原。

：我還是頭一次聽到這麼驚心動魄的敲桌聲。

：有晴晴敲桌的十倍威力啊。

：謝謝您送來的米蘭風大猩猩。

：這不是米蘭風大猩猩，只是普通的大猩猩啊。

：桌上的強○空罐都掉下來嘍。

：空罐彈跳的回音真是太哀傷了。

：小淡！冷靜一點！

：放心吧！妳的心意有傳達過來了！

「吁……呼……吁……呼……真、真的嗎？真的有人聽了怦然心動嗎？我現在的心靈受到了重創，各位方便的話，還請留言安慰我吧。」

：請容敝司嚴正拒絕合併的提案，期望貴司今後的事業蒸蒸日上。

：**對不起……至少讓我投超留賠罪吧。　￥50000**

：我不管怎麼聽，進到大腦之後都像是小咻瓦在大喊「來SEX吧！」呢。

：嗯——三分吧笑。

：**啊，小恰咪開台了！後會有期~**

「（啪鏘鏘鏘鏘鏘鏘鏘鏘鏘！噹！啪鏘！啪哩！啪鏘鏘——鏘鏘！）嘎啊啊啊啊啊啊啊啊~~~！」

：**這聲音！不會錯的，是鍵盤破壞者**（註：2007年，日本影音網站「niconico動畫」曾上傳過一段德國少年憤怒敲打鍵盤的影片，被日本網友戲稱為「鍵盤破壞者」）！

：鍵盤破壞者！超懷念的！我好久沒看到了！

：別拿鍵盤敲桌啦！

：就連最後的奇妙顫音也模仿得維妙維肖笑死。

：一想到她頂著這身樣貌氣呼呼地揮舞鍵盤就讓我笑死。

：抱歉抱歉！冷靜一點！

：清秀！小淡超級清秀！

在那之後，我一邊把噴飛的鍵帽一一安裝回去，一邊接受翻臉如翻書般的觀眾們出言安慰。

「真是的！我以前可能也講過類似的話，但因為我是正牌的清秀才女，才會容忍你們這種像是在打職業摔角一樣的唇槍舌戰喔！絕對不能對自己的女性朋友講這種話喔！」

：這寬闊的胸襟無疑是清秀……不，是聖女。

：不惜犧牲自己也要讓大家展露笑容的神，這就是Live-ON的清秀代表。

：感謝顯靈……感謝顯靈……

：女性……朋友……？

：我打開聯絡人名單，又默默地關掉了。

「啊……」

：都是因為遵守著小咻瓦的教誨去做……

：別這樣，我們還有Live-ON啊……

：媽咪也算數的話！我還有媽咪喔！

「呃，總、總覺得有點抱歉耶？那、那就來唸下一則蜂蜜蛋糕吧！……是說，為什麼是我在道歉啊啊啊！！」

@閃閃發亮☆鑽石（意義深長）

宛如閃耀的星星

喝酒　性騷擾　什麼都能忍耐　變態　酒鬼　以升天（Top）為目標＼噗咻／

＼噗咻／＼噗咻／＼噗咻／＼噗咻／＼噗咻／＼噗咻／

等等，我還沒越過（社會規範的）紅線呀！

＼噗咻／＼噗咻／＼噗咻／＼噗咻／＼噗咻／＼噗咻／

當個酒鬼有什麼錯！

＼噗咻／＼噗咻／＼噗咻／＼噗咻／＼噗咻／＼噗咻／

什麼啦，這不是害我想喝了嗎！你這笨蛋！

＼噗咻／＼噗咻／＼噗咻／＼噗咻／＼噗咻／＼噗咻／＼噗咻／（註：典出東方Project系列同人創作樂曲「琪露諾的完美算術教室（チルノのパーフェクトさんすう教室）」歌詞）@

「啊，這首歌真讓人懷念！雖然大概有九成的歌詞好像都填錯了呢！」

：哇喔喔喔，這就是傳說中的「鑽石塵」嗎？真是嶄新的歌詞呢！

：才不是咧。

：懷念到我看了都淚眼汪汪了。

：記得是2008年公開的歌曲呢。

：咦？騙人的吧？我還以為那只是七年前的事呢……

：2008年不就是我出生的十年前嗎？

：→您該不會今年五歲？

：和清秀設定有十成衝突的某人相比，這根本是原汁原味吧。

：有夠毒舌笑死。

「真讓人憶起從前……琪〇諾（註：琪露諾為同人遊戲「東方Project」系列的角色，有著冰雪妖精的外貌，頭腦不太好）妹妹的MV真的超可愛的呢。啊！話又說回來，我的外觀和設定是不是和琪〇諾有點像？喏，我看起來是不是很像長大成人的琪〇諾？」

：嗄？

：嗄？

：要說笑的話還是停留在外貌的範疇吧。

：可別嘲弄琪〇諾妹妹喔。那種憨直的女孩子可是非常少見的呢。

：只有智商相似。

：如果把強〇和黃腔從小淡雪身上抽走，的確是挺像的。

「不不我就是那樣的人啊！清秀的我打從一開始就沒有強〇也沒有開黃腔的屬性啦！就算不抽走也沒關係，因為一開始就沒有啦！你們看～是長大的琪〇諾妹妹喔～」

：我要提告了。

：各位看台的觀眾裡，有沒有願意協助提起告訴的律師呢——？

：我是律師，看來這只能判死刑了呢。

「這位律師也太偏激了吧！我可是每天祈求著世界和平，為了犧牲奉獻而活的善良國民呀？這根本構不成起訴的理由！你各位太過分嘍！」

：商品表示法第五條之一，禁止誇大商品成分。

：笑死。

：還以為是清秀結果是酒，這的確是誇大其詞呢。

「這、這是怎樣？都、都沒人要站在我這邊嗎？如果不幫我找律師，我就要高喊司法不公了！」

：包在我身上，我會守護小淡的。我可是正義的使者呢。

「喔有人來了！謝謝您，正義使者先生！請一定要證明我的清白！」

：小淡，儘管把我當成靠山吧。別看我這樣，我可是被其他律師同行稱為「違抗六法全書之人」的男人喔。

：您只是被大家當傻瓜而已呢。

：根本是泥巴做的船啊！

「雖、雖然有點擔心起來了，但我還是很相信您的喔！畢竟願意和我站在同一陣線的人，哪有可能會是壞人嘛！」

：那還用說，畢竟我可是正義的使者啊。

：這女人有公然猥褻的嫌疑喔。

：搬斷頭台過來。我可是正義的使者啊。

「幫我辯護啦！為什麼要背叛我啦！還有，我才沒做過公然猥褻的事……大概沒有！」

：就連自己都沒把握笑死。

：看起來真的不是壞人啊，雖然會違抗六法全書就是了。

：這個直播主的職業摔角打得真好。

@詩音媽咪「I am your mother.」

小淡雪「NOOOOOOO!」@

「哎呀，是真的會有這種反應呢！不過為什麼要用英文？」

：星際〇戰！

：是星際〇戰哏啦。

「啊，原來如此！被各位提醒我才發現是這個哏！我雖然對這個系列不太熟，但還是知道這個場面的喔！」

：別連命名品味都墮入黑暗面啦。

：皇帝「從今天起，你就是安納雞．天行者了。」　￥10000

「喔呼……噗呼……呼呼呼……」

：拚命忍笑笑死。

：要是因為這種哏而笑出來，就不是清秀了呢。

：無情無義的紅色超留襲向小淡。

：喏，怎麼啦？唸出來聽聽啊？

：來這招偷襲著實卑鄙。

：明明知道沒哏又很蠢，但我懂那種會忍不住想笑的心情。

「呼、呼……啊，呃，什麼事都沒有喔？我只是在想人生在世真是娛樂多多而已，就是這樣。我想稍微冷靜一下，加上剛好口渴了，我這就去喝點水。咕嘟、咕嘟……」

：安納雞．天行者。　￥50000

「噗嗚嗚嗚吼吧啊啊啊啊！咳咳、咳咳、咕呼呼呼啊哈哈哈哈哈哈哈！咕、咳咳！唏、唏、咿唏、咿唏唏唏啊哈哈哈哈哈哈哈！」

：一直噴出髒得要命的聲音笑死。

：小淡www

：大草原。

：為了讓自己推崇的偶像露出笑容而投下超留，真是觀眾的表率。

：因為不是嘔吐所以還算清秀。

：拿鍵盤敲桌、到處噴水……這是摧毀電腦的直播台嗎？

：我喜歡哈哈大笑的女孩子。

：笑點和小學男生同個水準。

：還請讓小淡水上市販售吧。

：聽到從椅子上摔下來的聲響噗笑。

「啊啊……啊啊……呼嘻……啊啊……」

：看起來渾身乏力呢。

：回覆蜂蜜蛋糕到爽了一把的女人。

：有趣女人的日本代表。

：被觀眾的安納雞爽了一把的女人。

：清秀（安納雞）。

啊……怎麼還沒開始玩像創，我就已經累成這樣…………我這下可沒資格自稱清秀了……

……不過……因為很開心就算了吧……啊哈哈……抽搐抽搐……

「很好，接下來就要登入像創嘍！」

在比原訂時間稍晚的時刻，我總算要開始玩遊戲了。

至於延遲的理由……我說什麼都不想坦承自己是因為回覆蜂蜜蛋糕到笑得無法自已，甚至在滿臉都是液體的狀態下倒在地板上抽搐，所以最後就說是把水灑出來了。

我在那之後洗了把臉，還得幫電腦打掃一番，所以搞得自己害臊得要命……我這段期間都完全沒講話呢……

但我不會就此一蹶不振。一拿剛才的事件和過去搞砸的種種直播意外相比，我的內心就立即堅強了起來。我也真的是成長了不少呢。

……這可不是自暴自棄喔？我雖然一瞬間也閃過了「這種思維豈不是會和清秀的特質漸行漸

遠？」的念頭，但為了心靈的健康著想，我決定徹底忽視這種想法。

「哦，登進去了呢！稍微久違地在我家起床啦！」

現在的我已經搬離了一開始搭建的簡陋小屋，在城鎮的一隅蓋了冰雪之城，把這裡當成了生活據點。

在此，我要再次感謝為當時毫無建築美感的我一同規劃設計圖的晴前輩，以及協助我蒐集素材的小光！

不過晴前輩最後卯足了全力，結果就是蓋出了比我預期的規模還要大上五倍的城堡，讓我大受震撼呢……而在那之後，我得知了小光為了採集素材前往了遠方，把一整片的冰山生態域給採了個精光，我的反應則是超越了戰慄，陷入了頻頻喘氣的狀態……

Live-ON的成員做事怎麼都這麼極端啊？就結果來說，我雖然住進了全伺服器數一數二的豪宅，但住起來總是讓我心神不寧……我最近甚至認為，我的家園已經成了城鎮裡的觀光景點了。

「哼哼哼——♪哼哼哼——♪」

我簡單地做著外出的準備，哼著某個奇緣的曲子。雖然已經是懷舊歌曲了，但在城裡閒晃的時候，腦袋裡總是會冒出這段歌曲呢。

：妳不是關在冰雪城堡裡足不出戶的個性，而是會毀掉城堡往外衝的人吧？

：人生根本是倒著播放的冰〇奇緣。

：所謂的Let it go終究還是有底線的喔，小咻瓦。

為什麼我只是哼個歌，就得被大家叨唸成這樣啊……

不過這就先擱在一邊吧。嗯，差不多整頓好了。因為只是要上街閒逛，所以只要做最低限度的準備就行了吧。

「那就正式進入今天的主題——上街觀光吧！可能有些觀眾已經忘了這檔事，但這才是今天開台的主要目的喔！」

我打開大門，朝著鎮上出發！

首先映入眼簾的，是我家門口用冰塊打造的夢幻庭院！以及老樣子全裸的聖大人不知為何正拍打著同樣全裸的晴前輩屁股的光景！

（宇月聖）：看招看招看招看招！晴，被聖大人鬼斧神工般的技巧拍打的感覺如何啊？Hey屁股（Siri）（註：日語「屁股」音同「Siri」）！妳現在有什麼感想？

（朝霧晴）：啊嗯！啊嗯！啊嗯！啊嗯！好冷！這裡的地面是冰塊所以超冷的！

（宇月聖）：哈哈哈哈！真是精神飽滿的ＡＩ啊！好咧——接下來就要用這根長得很像馬鈴薯的棒子滋啵滋啵地插進去噢！不對，對於妳這個蘋果系ＡＩ來說，我不該用滋啵滋啵，而是該換個擬聲詞才對！要上啦！賈啵嘶！賈啵嘶！

（朝霧晴）：對不起，我無法理解。

（宇月聖）：啊，真是抱歉……

砰！

為了逃避眼前的光景，我連忙退回了家裡，關上了大門。這寒冷對我而言……根本就是懾人的惡寒啊。

「不對，剛才接受到的資訊量實在太大了。」

我調整呼吸，首先迸出了這句話。

：草。

：那兩個人肯定是算好的www

：別在人家家門口搞ＳＭ玩法啦。

：無法理解的是我們啊。

：晴晴看起來冷得要命，一點也不開心笑死。

真是的，那兩個人每次都看我驚訝的反應取樂！等我換上咻瓦模式的時候再來搞這一套啦！

我很難做反應耶！

（宇月聖）：咚咚咚咚咚！

（朝霧晴）：一起來堆雪人吧！wwwwww

煩死人啦！還不都是因為妳們才害我回頭的！還有笑個屁啊！

……既然如此——

「各位，我要一口氣衝過去嘍，可以吧？」

雖然有些硬來，但這也是為了讓企畫順利進行。我要上啦！

（宇月聖）：Hey屁股(Siri)，妳知道心音淡雪嗎？

（朝霧晴）：那是一種酒精飲料。

（宇月聖）：哦——是這樣啊！

別理她們！無視她們！

（宇月聖）：Hey屁股(Siri)！妳知道小咻瓦嗎？

（朝霧晴）：小咻瓦是演員阿諾·咻瓦〇格在日本的獨特暱稱。代表作品有魔〇終結者系列。

（宇月聖）：咦，原來淡雪的本名是阿諾·咻瓦〇格嗎？咦，這樣是不是曝光身分了？我可真是搞砸了啊……是說，原來淡雪是演員啊，我一直以為她是ＡＶ女演員呢。是說ＡＶ女演員是我才對吧——！

無視無視無視無視無視無視無視無視無視無視無視無視！

（宇月聖）：Hey屁股(Siri)！妳知道宇月聖嗎？

（朝霧晴）：我不想說。

（宇月聖）：咦？不想說？不是不知道嗎？

（朝霧晴）：我不想說。

(宇月聖)：妳是ＡＩ對吧？知道的話就告訴我嘛！
(朝霧晴)：真～拿妳沒辦法啊。
(宇月聖)：妳的語氣是怎麼回事？
(朝霧晴)：宇月聖，一九九二年十一月十二日生。
(宇月聖)：那不是我的出生年月日，是上原〇衣的吧！
(朝霧晴)：為什麼妳會知道啦！
(宇月聖)：不是我自誇，本聖大人沒有不認識的ＡＶ女演員。
(朝霧晴)：那還真的沒什麼好自誇的。
(宇月聖)：比起那點小事，屁股，快點說明聖大人的生平啦。
(朝霧晴)：好好好。宇月聖，一九二二年十一月二十二日生。
(宇月聖)：那不是我的出生年月日，是〇螺小姐的吧！
(朝霧晴)：我真的很想問妳怎麼會知道耶。
(宇月聖)：和癖性有關。
(朝霧晴)：妳的守備範圍之廣，簡直堪比曼紐爾・諾〇爾！
(宇月聖)：真是的！屁股，妳差不多該講講聖大人的事了吧！
(朝霧晴)：宇月聖，是Live-ON的穢物。

（宇月聖）：哈哈哈，本聖大人哪可能會是穢物啊？這種莫名其妙的回答，可是會讓聖大人雞激硬膺的喔！

（朝霧晴）：妳就等著被罵「應該是激憤填膺才對吧。」然後讓雞〇陷入要硬不硬的局面吧。

「呼，逃到這裡應該就安全了吧。」

呼……雖然只差一步就要輸給出聲吐槽的衝動，但多虧聖大人轉到了莫名其妙的話題上頭，我才得以逃之夭夭。

那兩人的小劇場也會有演到膩的時候吧。要是被她們拖下水，我的企畫說不定會泡湯呢，幸好幸好。

：小咻瓦的真面目既偉大又意外笑死。

：別用聊天室胡鬧啦www

：抱歉，上原〇衣的資訊我也懂。

：我想也是！我也懂〇螺小姐的出生年月日！所以我們是同伴呢！

：別混為一談啊。

雖然一開始就有點脫線的感覺，但我這就要開始上街觀光啦！

首先該去哪裡呢？就在我動腦思考的時候，很快就想起了我逃竄到的這一帶，座落著在這座城鎮裡大放異彩的某個設施。

「呃，我記得入口在這裡……有了有了！首先就從這座『愛萊動物園』開始觀光吧！我記得這裡打造得相當講究，想必能立即炒熱這場企畫的氛圍吧！」

愛萊動物園一如其名，是由小愛萊一手打造的動物園，如今的規模還在持續擴大中。若就占地的面積來說，這裡可是鎮上最為巨大的設施。

我穿過入口後，便受到了動物們的熱烈歡迎。五花八門的動物們都被展示在妝點得別具特色的區域之中，還在一旁設立了各種告示牌。有些告示牌的內容記載著動物的基本資訊，有些則記載著讓人會心一笑的小知識。

能生活在這種廣闊整潔的環境裡，動物們想必也會很幸福吧。

：來啦，是愛萊組大本營。

：不曉得組長今天在不在家？

：這裡的確是動物園，因為有很多會動的生物在呢。哈哈哈。

：鎮上首屈一指的恐怖設施。

這精心打造的設施，就算和現實的動物園相比也是毫不遜色，小愛萊的能力之強由此可見。而她的直播功力也相當厲害，真是個多才多藝的孩子呢。若是沒有另一面……不對，感覺正因為有著另一面，她才得以成為Live-ON的一分子啊……

〈晝寢貓魔〉：哦，是小淡雪嗎？

「咦？貓魔前輩？」

就在我讓動物們治癒著被前輩們玷汙的心靈，於動物園四處遊蕩之際，貓魔前輩從園內的深處現身了。

(畫寢貓魔)：怎麼啦——？有事來動物園嗎——？要羊毛？要牛奶？還是要那個？

(心音淡雪)：我純粹是來觀光的。還有那個是什麼意思？

(畫寢貓魔)：哦——是這樣呀！雖然沒有小愛萊那麼厲害，但貓魔對這裡也是很熟悉的喔！機會難得，包含那個在內，就讓我為妳導覽一番吧。

(心音淡雪)：真的可以嗎！謝謝您！

(畫寢貓魔)：因為這裡占地太廣大了，給人容易迷路的印象呢！儘管交給我這個嚮導帶路吧！

(心音淡雪)：麻煩您了！話說回來，為什麼貓魔前輩會待在這裡呢？您看起來對這裡很熟悉，難道是常客嗎？

(畫寢貓魔)：沒啦，我是被飼養了。

「……咦？」

(心音淡雪)：被、被誰飼養了？

(畫寢貓魔)：被老大。

「啊（察覺）。」

老大
老大的繩子

還是別再追問下去了。總覺得再深究下去，會被捲入很不好的風波——內心的預感強烈地做出了反應。

：詳細請見園長的直播檔案「珍禽異獸出現！要去捕抓貓娘的喲～」。

：逃跑的貓魔……拿著釣竿追趕的園長……強行辦理入園手續……被請去喝的不是茶而是劇毒藥水灌到飽……活塞般的高壓面試……捏造死亡動機……嗚嗚，頭好痛……

：住手，別去回想那些事，會被做成人偶的！

：我沒看直播，不過明白貓魔遭遇了極不人道的對待。

：畢竟園長是「對同伴」非常溫柔的園長表率呢。

：聽說不管參選多少屆園長選舉，她都受到了動物們百分之百的支持呢。而且似乎也沒有做票。

：這世上有什麼比支持率百分之百的選舉更可疑的哎喲好像有人來找我了？

部分知曉內情的觀眾們所透露的訊息，似乎讓聊天室熱絡了起來。但每一則訊息看起來都不忍卒睹，我索性瞥開了目光。

小愛萊，真是個可怕的孩子……

「啊，是兔子耶！還有好多小動物呢！從這裡進去的話，就是觸摸廣場嗎？」

老實說，跟著貓魔前輩走讓我有一點點害怕，但她意外地是真的對動物園瞭若指掌，正熟門熟路地為我擔任嚮導。

讓我訝異的是，這座設施的占地甚至延伸到了地下空間。就連敵對的小型怪物都被飼養在這裡，除了少數過於危險或是環境要求過於嚴苛的小型怪物之外，這裡似乎已經網羅了絕大多數的怪物。

由於從外觀看不出來，我還是首次知道有這樣的區域……看來小愛萊是真的鑽研得很深呢……

好啦，在體驗過觸摸廣場之後，該請貓魔前輩幫我導覽下一處區域了吧。

（晝寢貓魔）：下一個區域很受歡迎喔！其他成員也常來光顧呢。

（心音淡雪）：原來是這樣呀！我很期待喔！

「奇怪？是往這裡走嗎？」

總覺得好像正朝著人煙罕至的深處前進啊。一般來說，如果是大受歡迎的區域，應該會設置在顯眼的地方才對吧……

（晝寢貓魔）：到嘍！這裡就是大受歡迎的——一開始說的那個喔！

「————」

我登時說不出話來。

映入我眼簾的，是被大量床鋪填滿的狹窄監牢。而在監牢裡面的……則是被奪去了自由和隱私、塞得滿之又滿的「人類」群體。

（心音淡雪）：**貓魔前輩……這是……？**

（晝寢貓魔）：**還能是什麼呀，當然是村民啦！另一側的監牢有著超讚品項的村民，所以只要有需要，隨時都可以過來交易喔！**

「這完全就是為了村民轉蛋搞出來的增殖設施不是嗎啊啊啊啊啊？」

這連我都知道喔！這是從某個村莊把村民拐過來，在讓他們繁殖之後抽選出優秀的交易品項，藉以和玩家以物易物的作法對吧！

難怪狂熱派的成員們會頻頻造訪動物園。我以前就猜過會是這種結果了，但一點也不想被公布答案啊！

（晝寢貓魔）：**喏！這位販子是最受歡迎，也是貓魔最推薦的一位喔！大家都滿懷著愛意地稱他為「五〇勝」**（註：典出動畫「閃電十一人」的角色「五條勝」，原為沒有台詞的配角，卻因為灌票而在人氣投票獲得了第一名）**呢！**

「別和人氣投票的冠軍扯上關係啦，煩死人了！雖然外表是有點神似沒錯啦！還有別叫人家販子啦！聽起來不是更可疑了嗎！」

：出現啦，愛萊動物園的黑暗面其一！

：居然還有其二和更多嗎……

：啊，人氣排名第二的小磁怪也在耶。嗨嗨——！

：瘋狂吧，純粹地瘋吧。

：滿懷的不是愛意而是綠寶石（註：「當個創世神」裡與村民交易時所需的貨幣）**就是了。**

「居然做了這麼恐怖的事……如此一來，我可得好好地為民喉舌一次才行！」

（心音淡雪）：貓魔前輩！我生氣嘍！

（晝寢貓魔）：小淡雪，我也不是不明白妳的心情。但妳不該把那些話說出口喔。

（心音淡雪）：……什麼意思？

（晝寢貓魔）：否定這座設施，就等同於否定了園長。要是妳這麼做……小淡雪也會加進販子的行列之中喔。

「咿咿咿咿咿咿咿咿咿咿？」

我在聊天室浮現文字的瞬間掉轉腳步，在發出窩囊慘叫的同時逃往其他的區域。

「這裡是——水族館嗎？」

逃離了動物園黑暗面的我，跑進了一間還沒被介紹過的大型建築物之中。

建築物裡呈現的景象，是以深藍色為基調的裝潢，以及許許多多的水槽。水槽裡可以看到許許多多的魚兒來回游動，醞釀出魔幻的氛圍。看來我偶然逃進來的這座建築物是一間水族館呢。

「啊……好療癒啊……特別是剛看完那種恐怖的設施……」

是說，居然連魚都有啊。小愛萊說不定是真的打算讓所有的生物齊聚一堂呢。

「還真是寬敞呢，會通到哪裡呢？……嗯？這裡是怎麼回事？和其他的地方相比，這邊顯得特別擁擠耶？」

我朝著水族館的深處前進，隨即來到了一處空間。這裡設置了好幾處和其他相比顯得樸素許多的水槽，周遭更是放了堆積如山，多到讓人不禁心生困惑的收納箱。

和精雕細琢的其他水槽相比，顯然只有這裡顯得格格不入。

「啊，水槽裡有生物呢。這是……六角恐龍？而且很多呢！」

（晝寢貓魔）：小淡雪，總算找到妳啦！

「咿？」

貓魔前輩像是追著我的蹤跡而來，看到她突然從身後現身，讓我嚇了好大一跳，但她看起來並沒有要裝備武器的樣子，也沒有要動手的徵兆，看來應該是不用擔心。

對啦，反正一開始就是請她幫忙導覽的，不如就問個究竟吧。

（心音淡雪）：這裡是怎麼回事？

（晝寢貓魔）：這裡是尚未完工的區域喔。雖然還在繁殖階段，但未來預計會成為五顏六色的六角恐

龍水槽。

「原來如此，還沒有完成呀。等完工之後，肯定會成為色彩繽紛的水槽吧——」

（晝寢貓魔）：還有，這裡也是貓魔的工作場所喔？

（心音淡雪）：工作場所？您在這裡工作嗎？

（晝寢貓魔）：因為我想要藍色六角恐龍嘛。這處繁殖設施也是為此打造的喔。

（心音淡雪）：哦——確實是沒看到藍色的呢。那個很稀有嗎？

（晝寢貓魔）：機率只有一千二百分之一，所以很難生出來呢。

「咦？」

（心音淡雪）：您是不是多打了幾個零？

（晝寢貓魔）：沒有喔，就是一千二百分之一，不會錯的！

「真的假的，原來有這麼罕見的生物呀……」

（晝寢貓魔）：貓魔今天一直都在這邊忙，但還是沒生出來呢。昨天和前天和更之前更之前更之前更之前更之前更之前更之前更之前更之前更之前更之前更之前更之前更之前更之前更之前更之前更之前都一直一直一直一直一直在生呢。

「————」

我的背脊竄過了一道惡寒。

糟糕，這種感覺——和剛才一樣——

：出現啦，愛萊動物園的黑暗面其二。

：這座動物園像是在搞集章活動一樣，各處都搭建了黑暗設施呢。

：要是完成了黑暗集章活動，就能成為飼育員的一分子嘍？

：成為飼育員（組員的代稱）的一分子（無權拒絕）。

：飼育員其實不是組員，而是幹部的代稱呢。

：小愛萊明明基本上隻字未提，但愛萊組仍是透過觀眾們的妄想而逐漸成形了，超級喜歡。

：小淡，試著打開箱子看看？

「箱子……是嗎？」

在觀眾的提點下，我打開了身旁的箱子。由於多餘的空間全都被箱子塞得滿滿，是以我就算不向前跨步，也能夠打開箱子。

「咿？」

我確認起箱子的內容物——但在開啟的瞬間便反射性地關上了箱子。

雖然只開啟了一瞬間，內容物卻歷歷在目——不對，正確來說，是我就算不願回想，那樣的光景也深深地烙印在我的腦海之中。

箱子的內容物，是將收納空間全數填滿的——除了藍色之外的各色六角恐龍。

這不管怎麼看，都是在生產藍色六角恐龍的過程中誕生的孩子們吧？

……咦？騙人的吧？難道設置在這裡的大量箱子，全都裝了一樣的東西……？

凍結的背脊進一步感受到一股寒風，讓我的身軀為之顫抖。

(心音淡雪)：您為什麼要做這種感覺會讓腦袋壞掉的事呀……？難道這也是園長的命令？

(晝寢貓魔)：沒有喔，貓魔是自願的？

(心音淡雪)：為、為什麼？啊，您剛才說這裡是工作場所對吧！難道有報酬嗎？

(晝寢貓魔)：哦，妳猜得真準！這份工作可是能收到豐厚的報酬喔！這能讓園長為我感到開心，真是至高無上的回報呢！

(心音淡雪)：……就這樣？沒有鑽石一類的嗎？

(晝寢貓魔)：妳在說什麼呀？園長的東西是園長的東西，貓魔的東西也是園長的東西喔？況且，與其收下這些有形之物，讓園長開心才能讓我更加愉快呢！

「洗腦完成！……才不對，這一點也不好吧？貓魔前輩快清醒過來！您到底被小愛萊做了些什麼事？這下不妙了，我得出手救助才行！」

(心音淡雪)：貓魔前輩，我們一起逃吧！前輩，您應該已經沒必要待在這裡了吧！

(晝寢貓魔)：？妳在說什麼呀？貓魔是園長的寵物，所以除此之外沒地方能去喔。

（心音淡雪）：您不是寵物，是前輩呀！

（晝寢貓魔）：可是小愛萊是園長啊？

「啊——愈講愈亂了啦！」

（心音淡雪）：我明白了。若是如此，您要不要當我的寵物呢？我會比小愛萊還要更加疼您的喔？

（晝寢貓魔）：嗯——……可是小淡雪缺乏霸王色霸氣（註：典出漫畫《航海王》）呢……

（心音淡雪）：得知小愛萊有這個能力讓我嚇一大跳啊。

：居然有霸氣笑死。

：總覺得小愛萊看到多佛朗明哥（註：漫畫《航海王》的角色），就會喊著「找到新品種的紅鶴(佛朗明哥)的喲～」然後把他抓起來呢。

：那個世界的未知生物明明多得不得了，為何要選這傢伙啊？

：海賊王在臨死之際所說出的那句話，讓所有人奔向了大海——「愛萊組有夠可怕。」

：真不想看這種航海王……

：奔向大海（為了逃離愛萊組）。

：想到之前也藏過強〇，總覺得Live-ON版的海賊王總是在做些不正經的宣言呢。

（晝寢貓魔）：看來小淡雪無法明白園長的美妙之處，真是太可惜了。

（心音淡雪）：不如說我現在更害怕了。

（晝寢貓魔）：喵喵！我想到一個好點子了！小淡雪如果也成為組員，肯定就能理解園長的美妙之處啦！

「嗄？」

說著，貓魔前輩裝備了鑽石劍……

（晝寢貓魔）：小淡雪，妳也成為組的一員吧？

「呀啊啊啊啊別過來啊啊啊啊啊！？」

我拚了命地往入口逃，貓魔前輩則是不想放過我似的，邊揮著手中的劍邊追在我的身後。

（晝寢貓魔）：快說妳要當組員！會死的！你會死的啊杏〇郎！

「誰是杏〇郎啦啊啊啊啊！」

（晝寢貓魔）：要來一份剛出爐的爆米花嗎www？要來一份剛出爐的爆米花嗎www？哈囉～猗〇座～你好～www猗〇座受到了大家的歡迎（註：改編自凱蒂貓爆米花機的歌曲）～

「糟糕，猗〇座突然毫無徵兆地唱起了凱〇貓的歌！由石〇彰配音的凱〇貓正在追殺我！雖然不明所以，但感覺超恐怖的！再不逃就會被做成爆米花了！」

我九死一生地逃出了動物園的腹地，跑了一陣子後回頭看去，發現視線裡已經沒了貓魔前輩的身影。看來她似乎是不會追到腹地外頭的樣子。

「嗚嗚嗚……貓魔前輩，您到底是怎麼了……」

：被做成爆米花是什麼狀況……

：組長雖然是以僅此一回的前提抓住了貓魔，但貓魔似乎感受到了劣質遊戲的波動，所以一直扮演著奴工的身分喔。

：結果最為困惑的反而是小愛萊。

：到頭來我還是完全搞不懂……Live-ON好可怕……

：什麼啊→這位仁兄是Live-ON學院的不適任者嗎？

：適任的傢伙才奇怪吧。

：嗚！有「普通高中的劣等生」之稱的我居然無法適任！

：你這不是超適任的嗎？

「居然自己玩起了奴工扮演，這也太奇怪了吧……不對，這款遊戲的內容過於自由，是以自行找出遊玩的樂趣可說是一種最終目的，就這層面來說，貓魔前輩的玩法說不定算是一種正規的解答喔？……然而即使邏輯說得通，我也不想承認這是對的……但還是感謝您為我作嚮導……」

我在道謝的同時，逐漸遠離了動物園。接下來該去哪裡觀光呢——

我漫無目的地在鎮上閒逛，打算在看到感興趣的建築後就欣賞一番，不曉得這條路上有什麼東西呢？

「這邊是養雞場，然後隔壁是名為『東方白鸛巢』的賓館；接著隔壁是射箭場，再隔壁是名為『大人的射箭場』的賓館……再隔壁是教堂，教堂的隔壁則是名為『瑪莉亞的漠視』的賓館……還是離這條路遠一點好了。」

：可以不要在每一棟建築物旁邊都打造一間致敬其名的愛情賓館嗎？

：真不愧是小淡，理解得真快。

：一眼就能看出是誰打造這條街的。

：光是漠視就願意原諒的瑪莉亞真是聖母。

：建議立即把那個紅髮的女人處以磔刑。

我衝刺了起來，一鼓作氣地穿越街區。

……嗯，雖然來到了有些郊外的地方，但這附近似乎沒什麼奇怪的玩意兒呢。

「啊，有一座看起來充滿童話風格的大型建築物呢！」

映入我眼裡的，是在牆上繪有可愛的Q版動物臉孔的一棟建築物。建築物的腹地附設了小巧的公園，公園裡還設置了桌椅和遊樂器材呢。

……看到牆壁的瞬間，我憶起先前的愛萊動物園，忍不住打了個冷顫，但我隨即找到了寫有建築物名稱的招牌，只見上面寫著「Live-ON幼稚園」……看起來應該是不要緊的樣子。

「我還是頭一次看到這座建築物耶。這裡的位置有些偏僻，所以大家都沒挑選這一帶進行建設啊。不過，這裡看起來是一座很氣派的幼稚園呢！難道是不為人知的觀光景點嗎？我決定了，接下來就進去看看吧！」

理應在動物園受到治癒的心靈卻慘遭重創，為了好好修復我破碎的心靈，我蹦蹦跳跳地來到入口，穿過大門。

「打擾了——！」

裡頭則有著趴在地上的小還和以零距離監視她的詩音前輩！

「不打擾妳們了——！」

踏入建築物的時間，約莫只有0.3秒。

嗯，老實說，一看到幼稚園這三個字，我就戒備著詩音前輩的存在了。之所以能夠急速退出，也是拜這末雨綢繆的心態之賜。

小還雖然可能看到我，詩音前輩卻是完全背對著我。如此一來，我應該能夠安全地逃離此地吧。

（山谷還）：媽咪……救我……救我……

「嘖！那個小嬰兒大媽居然想把老娘拖下水！咿？已經追過來了？」

：由於位置偏僻，完全成了隔離設施呢。

：小嬰兒大媽充滿了矛盾的感覺，超級喜歡。

：有一名觀眾勇士在小還開台的時候這麼稱呼，最後就這麼定下來了呢。

：最近也多了個「危險大媽」的稱號呢。

：笑死。

：把老娘拖下水（清秀）。

：這女人老是被追著跑呢。

「我今天明明什麼都沒做，為什麼會落得這種下場！嗄？被她繞到前面了？」

我在感受著既視感的同時，努力想甩開拚了命地追在後頭的詩音媽咪，但我明明拉開了好長一段距離，她卻在不知不覺間堵住了我的逃亡路徑。

只要看看詩音前輩的身姿，就能明白她風馳電掣的祕密了。她的背上長著宛如蟬翼般的翅膀……也就是說，她是飛過來的對吧！

（神成詩音）：來當小嬰兒吧，不然就殺了妳。

（心音淡雪）：這也太恐怖了吧？我還是頭一次遇到這種二選一！

（神成詩音）：妳竟敢妨礙我的疼愛時間，這可是深重的罪孽。我可是得在這個世界綁架小還，才有辦法好好疼愛她的呀！

（心音淡雪）：我想您被小還疏遠的原因，就出在您自己身上呀……

（山谷還）：來當我的媽咪吧，不然就殺了妳。

明明是逃離詩音前輩的絕佳良機，但晚了一步抵達的小還居然也對我拔劍相向。

一邊是自稱小嬰兒和不承認此事的媽咪，另一邊是自稱媽咪和抗拒此事的小嬰兒，第三邊則是自稱媽咪和被亂認的媽咪，我還是頭一次見到如此扭曲的三角關係。

（心音淡雪）：真是四面楚歌的絕境。這就是見死不救的懲罰嗎……

「啊——真是的——我才不會乖乖就範咧——！我只是想來觀光的呀——！」

我半是自暴自棄地取出了身上的鏟子和十字鎬，挖起了正下方的地面。

畢竟我在地面跑不過詩音前輩，要逃就只能往地底鑽了！所幸詩音前輩似乎為我的反應感到困惑，只是站在洞口附近而已。由此看來，詩音前輩應該也不打算對我趕盡殺絕的樣子。

但我姑且還是用方塊堵住了上方，同時改變了挖掘的方式，以防一頭栽進岩漿之中。

……咦，話又說回來，如果挖得這麼深，是不是會通到那個地方啊？

「啊，果然挖通了呢。」

我在地底挖掘了一陣子，隨即來到一處筆直的隧道，隧道的各處都能看到旁支的岔道，是一處奇妙的空間。

這裡出自不想和人碰面，只想當個繭居族的小恰咪之手，是為了挖掘城鎮下方的所有礦石而打造的巨大設施，也就是所謂的魚骨礦場。這裡也是從之前蓋好的地底帝國延伸而來的設施。

很好，就借用這邊的通道，找個詩音前輩不會出現的出口重返地面吧。

……雖然現在說這些已是事後諸葛，但選在許多人上線的時間進行觀光說不定是個錯誤。我沒走幾步路就會被捲進奇怪的事件裡呢……

「好啦，現在的問題在於我對這裡的地形不太熟悉呢……能找到出去的出口嗎……是說這裡有出口來著……？」

為了再次沐浴在陽光下，我開始在地底隧道到處走動。要是一直找不到出口，就朝著正上方挖掘返回地面吧。

這時，我突然看見了一道專心挖掘著牆壁的人影。

「那個人……該不會是小恰咪吧？」

我有些在意地湊近——那果然是小恰咪沒錯。

我來到了她的身旁，正準備打聲招呼。這時小恰咪也察覺到了我的存在——

「欸，等等？」

她卯足全力地逃了出去。

「為什麼？小恰咪——？」

不明所以的我姑且追了上去。她似乎跑進了一條死路，於是我很順利地逮到她。小恰咪果然是個草包。

〔心音淡雪〕：小恰咪！妳為什麼要逃啊！

〔柳瀨恰咪〕：對不起……我以為這座地底大礦場碰不到人，所以才會在吃驚之餘轉身就跑。

「原來如此，是這麼回事啊。」

：我同時開了兩台來看，恰咪大人在看到小淡雪的時候發出了好嚇人的尖叫呢。

：真可愛。

：以前覺醒的陰角閃躲能力怎麼沒發揮作用啊……

：就當作不專注執行的話無法發動吧。

：搞不懂是有用還是沒用的能力，很有小恰咪的風格呢……

「啊，也就是說，小恰咪現在也在開台呢！……奇怪？」

小恰咪的直播、像創、地底，然後是魚骨挖礦法——

我串聯著這些詞彙，萌生出一個想法。

（心音淡雪）：欸，小恰咪，妳今天開台到現在，該不會一直都在用魚骨挖礦法吧？

（柳瀨恰咪）：對呀！我挖到很多礦石喔！

（心音淡雪）：我記得妳之前開台的時候也做了一樣的事情對吧？應該說，妳最近開像創台時，好像都一直在挖礦對吧？

（柳瀨恰咪）：呃……對耶。包含這次的像創直播在內，我已經連續十台都是在挖礦了。

（心音淡雪）：一直在挖？沒做其他事嗎？

（柳瀨恰咪）：對呀！我從來沒回過地面，一直都在地底挖礦呢！無論是單純的勞動還是看著稀有礦石逐漸填滿箱子的格子，都讓我開心到不行喔！

（心音淡雪）：把我帶回地面，然後跟著我走。

我在送出這段句子的同時用空手攻擊了小恰咪。她身上穿滿了防具，應該沒受到多少傷害吧。看拳看拳。

（柳瀨恰咪）：好痛！小淡雪，妳做什麼啦！

（心音淡雪）：廢話少說，快把我帶回地面！然後讓我們一起重返陽光底下吧！

（柳瀨恰咪）：為什麼？我才不要去地面那種危險的地方！

（心音淡雪）：不行！為什麼妳連開十台卻都在做著一成不變的事呀！身為直播主，妳至少該外出個一回才行！

（柳瀨恰咪）：我、我不要！觀眾們每次都會稱讚我「小恰咪真是勤奮。」所以這樣的直播內容一點也不成問題呀！

（心音淡雪）：妳也過得太安逸了吧？哎，我是知道在做單調工作的同時和觀眾閒聊的直播並無不可，但妳也重複太多遍了！讓我們照個陽光洗滌身心吧！

（柳瀨恰咪）：怎麼這樣……

小恰咪雖然一副萬般不願的反應，但她每抱怨一句就會挨我一拳，最後還是放棄了反抗的念頭，為我帶路到出口。

（柳瀨恰咪）：沿著這段樓梯就能回到地面嘍……

（心音淡雪）：我們一起上去吧。然後一起上街觀光吧？

（柳瀨恰咪）：不要啊啊啊啊！我果然不想待在外面啊啊啊啊！

「啊，可惡，別跑啦！」

（柳瀨恰咪）：不要在外面啦！我不行！真的不能在外面！我喜歡在裡面啦！

（心音淡雪）：不管妳怎麼鬧脾氣，我都會弄到外面的。

：超努力避孕的小淡。

：就知道有人會這樣講。

：笑死。

小恰咪雖然在出口前方胡鬧了一番，但最後似乎徹底死了心，乖乖地跟著我一同回到地面。

出口的地點離我家很近。還好是我知道的地方——就在我為此放心之際，那對變態雙人組在察覺到我的存在後，便從前方一鼓作氣地衝了過來——

「晴前輩和那個紅色的傢伙還在這裡嗎？是說小恰咪？等一下啦！」

也許是被前輩們突如其來的現身嚇到，原本待在我身旁的小恰咪轉身朝向地底，就這麼頭也不回地狂奔而去。

而對此一無所知的兩名前輩，像是為我的歸來感到開心似的，在我的身旁興高采烈地蹦蹦跳跳……

（朝霧晴）：淡淡卿回來啦！歡迎回來！我就相信妳會回來，一直在這裡等著呢！

（宇月聖）：欸，要不要來演小劇場？可以演個新的劇本嗎？

真是的——

「早知道就不搞什麼觀光了啦啊啊啊啊啊啊啊啊啊！」

我拿起了劍砍向紅色的傢伙洩憤。當兩名前輩一頭霧水地逃跑後，我也揮舞著手中的劍追了上去。

：每個人享受像創的方式都太認真了。

：完全沉浸在裡面了呢。

：感覺大家都忘了自己是在玩遊戲。

美其名是觀光，實際上卻是在玩鬼抓人——這便是這回的像創直播。

咻瓦咻瓦閒聊直播

閒聊直播——根據經紀人鈴木小姐所言，雖然裡面包含了一個「閒」字，卻是相當考驗直播主基本功的舞台。

對直播主來說，企畫能力和遊戲技術都是能讓自己加分的才能。然而，除非直播選擇的是特立獨行的方針，在以直播主的身分活動時，最為必要的才能莫過於談天說地的能力。據說廣受好評的直播主，大多有著深厚的聊天功力。

在聽鈴木小姐這麼說完後，我是這麼回答的：

「喝下強〇不就行了嗎？」

「我明明講的是日語，為什麼妳的聽力卻拿了零分呢？」

於是乎，面對鈴木小姐熱烈推崇的閒聊直播，我決定在今晚以日漸耽溺強〇的咻瓦咻瓦狀態迎戰。

「話又說回來，我有個東西想給大家看看。等一下喔，我把照片貼出來……有了，就是這個！」

：這啥？

：被水沾濕的圖畫紙？

：？怎麼看都是濕掉的紙張吧？

：水漬的形狀是不是有點像人臉？

：觀眾們全都困惑不已。

「這個呀，是我之前畫的自畫像喔！」

：咦？

：這是……自畫像……？

：妳該不會是生了心病吧？

：我是覺得妳沒什麼繪畫天分，想不到卻糟糕成這樣……

：是一名靈魂畫家呢。

：真白白看了感覺會哭。

：如果這是自畫像，那小咻瓦可就不是人類啦。

：拿去拍賣會的話，就算底價只有155圓，感覺也乏人問津。

：評價有夠差笑死。

：糟糕……我好像看得懂耶……

「呵、呵、呵！那些大呼小叫的傢伙似乎毫無藝術天分呢！其實這張畫呢，是小咻瓦我用獨創的——以強〇當成顏料作畫的技術。換句話說，這不是水彩畫，而是強〇彩畫喔！」

：大草原。

：我噴出了嘴裡的強〇。

：去住院啦。

：真的是靈魂畫家呢！

：這無疑不是人類會有的念頭。
：真白白看了感覺會嚎啕大哭。
：我出155億！
：畫作的價值會因為作者的不同而更動呢，總覺得見識到了藝術界的黑暗面。
：突然看得懂這是在畫小咻瓦了笑死。
：這真的是出自天才的手筆啊。
「呵、呵、呵！大家覺得如何啊！五體投地了吧！你各位今後就加入強〇彩畫之路，將小咻瓦奉為開山祖師吧！讓我們一起窮盡強〇美術吧——！」
：印象派、超現實主義派、強〇派。
：糟糕，印象和超現實主義看起來都像是酒的名字了。
〈相馬有素〉：我這就去畫是也！
：馬上就收到徒弟了呢。
：別浪費太多飲料喔……
：要是真的拿去拍賣，總覺得會出現不得了的競標價。
：¥155
：¥211

：￥1550

：￥2110

：真的開始競標了笑死。

「哎呀，因為大家經常會為我畫粉絲圖，同期也有真白白在，所以我就忍不住想挑戰藝術的領域呢！所謂的藝術就是要展露自我，我的自我展露便是強〇，於是就得出這種結果了呢！這張畫真的很厲害喔，因為和現在的我有著相同的強〇氣味呢！這已經超過了自畫像的範疇，有著濃濃的酒臭！」

：畢竟是用強〇畫的，有強〇味不是廢話嗎！

：默默承認自己有酒臭味笑死。

：畫裡的模特兒和本尊有一樣的味道，這豈不是世界首次的創舉嗎？這是革命啊！

：咦？這麼說來，強〇其實等於小咻瓦的香水？

：大家都清醒一點。

「嗯？剛才有人提到了香水對吧？香水啊……老實說，我幾乎從來都不噴呢。是因為我的女性魅力太低了嗎……啊——不過，我也想像名人那樣口出金言呢。比方說，瑪麗蓮夢露被問到平常穿什麼睡覺時，不是回答了『我一向用香奈兒No.５』嗎？我想像她一樣，理直氣壯地回答『我一向喝Yontory的No.０』呢！」

：別拿自己去和人家比啦。

：我還是頭一次看到有人把強〇說成Yontory的No.0呢。

：這一切都是杜嘉〇納（註：義大利知名時裝品牌）的錯。

：根本是躺著也中槍。

：好喜歡小咻瓦閒聊時的莫名其妙感。

：總覺得平時能理解的範疇反而比較少啊……

：想理解Live-ON就輸了。

「某首以杜嘉〇納作為靈感的歌曲（註：指日本歌手瑛人於2019年創作的歌曲「香水」），如今已經給人懷念的感覺了，時間的流逝真是快啊……大家如果在時隔三年的深夜收到了小咻瓦用LINE傳訊息說『幫我買強〇過來。』也不要生氣喔！」

：封鎖避無可避。

：我要檢舉妳喔。

：我會開著大型貨卡載著155箱跑去找妳，給我做好覺悟吧。

：我是真的沒有在追求妳。

：去睡覺啦。

「大家的言詞過於辛辣，讓我的眼裡流出了強〇……嗚嗚嗚……對啦，下次開歌台的時候就唱首香水吧。」

關於這場咻瓦咻瓦直播，雖然起頭相當熱絡，但受到酒精影響的關係，整體的話題顯然缺乏著一致性。

雖說開台前姑且會先想好今天要開的話題，不過一旦和觀眾們跟著起鬨，往往就會將內容歪向事前沒準備的話題。只要看過剛才從自畫像的話題轉往香水的過程，應該就能明白我的意思了吧。

我在那之後又換了個話題，聊到了閒聊直播開始之際提及的——經紀人小姐擔憂我日語聽力拿到零分的話題。

「你各位是怎麼想的？真是的，經紀人小姐似乎對強〇的泛用性缺乏認知呢！下次開會的時候，我就好好地讓彼此品嚐強〇的魅力，將它的內涵灌輸過去吧！」

：住手呀……

：經紀人換人避無可避。

：感覺經紀人會拿出一罐強〇，說它就是下一個經紀人。

：開會（乾杯）。

：開起了酒宴有夠草。

：不過小咻瓦講的Live-ON語和日語的文法相當相似，經紀人會聽錯也是無可奈何的。

：被當成嶄新的語言有夠竹（註：比草更高更壯，指爆笑程度更勝草）。

：就是土生土長的日本人也常常搞不懂日語的意思，所以當成新語言也無妨吧。

：在Live-ON擔任經紀人應該很辛苦吧？

「啊——……我是覺得Live-ON的經紀人是真的挺辛苦的喔。我的經紀人雖然年輕但非常能幹，而且從未對我示弱或是抱怨，但我偶爾也會擔心她是不是都沒在睡覺呢。」

：啊——想想也是啦。

：不只是Live-ON而已，經紀人這行總是給人操勞的印象。

：真想當真白白的經紀人。

：感覺詩音媽咪會反過來掌握經紀人的行程。

：笑死。

：小咻瓦的經紀人是什麼樣的人？

「哦，很在意我的經紀人嗎？嗯——她的頭髮很短，身形相當俐落，是一名給人時髦印象的女子。我覺得她很適合穿女用西裝喔！至於個性啊——她感覺很精明能幹……仔細想想，似乎是個會大受同性歡迎的女生呢。」

：超級喜歡用自豪的口吻講述。感情真好。

：這麼優秀的人才，為什麼會配給小咻瓦呢……

「聽說她是自告奮勇擔任我的經紀人呢。她當時的說法如下『如果不是由我親自出馬，應該就沒辦法好好控制這個傢伙了。』她和晴前輩的感情也很好，看來也很吻合Live-ON的風氣，是個不平凡的人啊……」

：這不是覺悟到爆了嗎？

：經紀人小姐的個性也很獨特呢……

：不如直接讓她以直播主身分出道算了？

：也別忘了還的經紀人小姐啊。她不僅能以小嬰兒語寫出信件，還和小詩音逐漸成為摯友了呢。

：光是聽到她和晴晴交好，就讓我感受到一股不妙的氛圍，這是為什麼呢……

「好像有些離題了呢。硬要做個總結的話，那就是經紀人小姐似乎相當忙碌，我在以直播主身分活動之際，也受到了她無微不至的關照呢。如果沒有經紀人，我搞不好沒辦法好好以直播主的身分幹活啊……」

：謝謝妳，經紀人小姐！

：既然都這麼感激她了，今後可要好好用日語和她說話喔。

「我打從一開始就是說日語啦！哼哼！畢竟我只要認真起來，就算要講英語也是信手拈來呢！小咻瓦可是多國語言的專家喔！」

：真的假的？

：小咻瓦會說英語？

：妳不是多國語言專家，是多嘔專家吧。

：wwwww

：她迄今有講過英語的時候嗎？

：總覺得她有在看到英文蜂蜜蛋糕的時候感到困惑的印象。

「呵，你們就睜大眼睛看好了，我接下來就要用母語級別的英語向海外觀眾們自我介紹啦！」

呃——說到用英文自我介紹……呃……

「嗨、嗨——買涅姆以死心音淡雪！甲片尼斯……啊……可、可林逼兔巴！耐斯吐米酒！」

：是小學生來著？

：好可愛。

：逼兔巴！

：會心一笑。

：lol

：what language are you speaking now?

：就算講英語聽起來也還是日語。

：去查一下可林（clean）的意思啦。

：妳是Japanese Hentai VTuber才對吧。

只是做個自介就被砲轟成這樣，日本人真是可怕……

呃，得吐槽才行……咦？要用英語吐槽的話該說些什麼才好？

糟糕糟糕！我連單字都想不到了！……啊——乾脆就這樣說啦！

「噢！瞎辣普！法Q！呴哩雪！喪嘔巴必取！哎欸姆法金可林逼兔巴！OK？」

：lol

：OMG

：是個稀世罕見的偏激直播主笑死。

：oh! she's crazy!

：感覺這邊會被剪成精華附上英語字幕，受到海外仁兄們的好評。

：就算逃進英語圈也沒辦法變得清秀的女人。

：這在紐約可是家常便飯呢！

……英語好難啊。

「英語笑話就暫且說到這邊吧。我果然還是個寄宿了大和魂的日本人，雖然不討厭國外，但要出國還是有點怕怕的……啊，對了對了，提到國外讓我想起來了。我前陣子曾在網路上看到新聞，好像有國外的貴婦把電〇雞當成一種時尚配件呢！哎呀——外國人果然很厲害啊！」

：我懂那種不敢出國的心情。我喜歡在網路上看外國的風景。

：畢竟這個世界光是跨洋過海，迄今信任的規矩就會變得一點也不管用呢！

：反正小淡雪同時也是Live-ON國的國民嘛。

：那什麼連奇〇（註：指輕小說《奇諾之旅》的主角「奇諾」）**都待不滿三天，光是待個三分鐘就會跑路的國家啊？**

：奇怪的國家（直言不諱）。

：電〇雞好懷念啊！

：那算是一種時尚嗎……？

：最佳的時尚，就是把自己想穿戴的東西通通穿上喔。

：的確是有這樣的貴婦呢。小咻瓦有玩過電〇雞嗎？

「沒有耶。小時候學校稍稍流行起來時，我有和朋友借來把玩一下，只知道是養育可愛角色的遊戲而已。大家都有玩過嗎？」

：沒有呢……

：我是沒玩過，但我念小學的時候，我姊在煮菜之際不小心把電〇雞掉進煮了滾水的鍋

子。目睹這一幕的我連連大喊「水煮電〇雞！」在爆笑了好一陣子之後被痛打了一頓。

¥1200

：還真的是很像小學生的死小鬼笑死。

：我還記得一開始玩得很開心，結果後來玩膩了之後就擱置不管。而在久違地啟動時，被我的朋友看到了死掉的電〇雞，他還嗆了我一句「你家的電〇雞是不是腐爛了啊？」

¥5000

：不是什麼值得稱讚的回憶啊笑死。

「為什麼就沒有好好玩過的人呢……？不對，我的觀眾大多以男性為主，這或許也是沒辦法的事。說起來，就沒有人經歷過璀璨奪目的小女生時代嗎！應該說，這裡沒有小女生嗎？」

：小女生哪會來看妳的直播啊？

：根本是在罵人了笑死。

：我想起了小還因為被YoTube認定是兒童頻道而歡天喜地的事。

：記得她馬上就被拔除資格，隨即氣急敗壞地開台傾訴的樣子。

：我聽到她氣呼呼地說著「YoTube的AI居然連成人和小嬰兒都沒辦法好好分辨啊！」忍不住覺得「啊，果然YoTube很優秀呢」。　¥211

：看到她甩著手搖鈴說著「YoTube，你也想成為內容物的一分子嗎？」讓我笑到腹肌都變

成好幾塊了。

「沒啦，小還其實就是那種把自己當成小女生的熟齡大姊，和每週都等著光〇美少女的各位觀眾是一樣的。會把那種女生看作小女生的，這世上大概也就只有詩音媽咪了。」

：別太小看我們了啊。

：我們雖然會看光〇美少女，但可不會吸奶嘴啊！

：笑死。

：那孩子的身體也開始出毛病了，一點小女生的要素都沒有……

：她光是轉個肩膀都會發出像是骨頭碎裂的聲響啊……

「啊——但我覺得那也是沒辦法的喔。她原本是個漫畫家，加上Live-ON的直播方針也不怎麼會讓身體動起來呢。我再過個十年，身體狀況大概也會變得很糟吧……」

：坐辦公室工作的人大多會這樣呢。

：小還過了十年之後還會是小嬰兒嗎？

：感覺她會當一輩子小嬰兒。

：幼齡期永不結束（克拉克（註：指美國教育家威廉．史密斯．克拉克博士，其名言為「少年啊，要胸懷大志」）**哭了）。**

：趁現在開始上健身房或許不錯。

：小咻瓦的身體很柔軟嗎？

「健身房啊……就算現在還不要緊，要是不為將來多活動一下，感覺會很不妙呢。不過呀，我的身體其實是很柔軟的喔！」

：真假？

：我還以為妳是個徹頭徹尾的運動白痴呢。

：能做一字馬嗎？

：一字馬和Y字馬差在哪裡啊？

：加〇的爆裂踢就是無可挑剔的一字馬（註：指電玩遊戲「薩爾達傳說」系列的角色「加儂」。爆裂踢為其在電玩遊戲「任天堂明星大亂鬥」系列登場時的攻擊招式）**喔。**

：我原本想說哪有這回事，結果一查還真的是有夠完美的一字馬，都要生草皮了。

：提出假說——加〇其實是芭蕾舞者。

「呵、呵、呵！我雖然不擅長運動，但只有柔軟度還過得去呢！我就稍微劈個腿吧。嘿咻，我在學生時代還滿常劈的。」

啪嘰！

「啊啊啊啊啊啊啊——！」

：這聲吆喝，難道要使出魔人拳（註：加儂於「任天堂明星大亂鬥」系列登場時的攻擊招式之一）**了？**

況且是ＤＸ版的招式！

：將爆裂踢施展為魔人拳……這是在模仿加○啊！

：wwwwwww

：這個清秀的女人還真能叫。

：至少讓叫聲聽起來清秀一點啦……

：提出假說——加○其實就是心音淡雪。

：那是因為學生時代有著獨一無二的增益效果啊……

：出社會之後只要過個一、兩年，身體機能就會衰退到難以置信的地步，把我嚇個半死。

：沒事吧——？

「窩、窩沒事……謝謝大家關心……」

好在沒受傷，但我在那一瞬間看到了地獄。

「果然還是得運動才行呢！今後每天都活動一下筋骨吧。其他成員是怎麼運動的來著？」

：小光是個運動健將。

：她大概真的是Live-ON裡面體力最好的。

：休息的理由也不是搞壞身體，而是操壞喉嚨呢。

：感覺組長會練出好幾塊腹肌。

：晴晴的狀況又如何呢？

「啊——……晴前輩應該是最神祕的一位吧。她好像在直播時說過自己喜歡外國的足球，但她似乎只是純當觀眾，並沒有要下場踢的意思。不過，我之前在公司看過她一個人在玩卡巴迪，或許她還滿喜歡運動的吧。」

：居然若無其事地說著在公司玩卡巴迪的事笑。

：卡巴迪？

：對Live-ON來說這只是家常便飯呢！

：咦？一個人玩？卡巴迪是一個人能玩的運動嗎？

「就來聊當時的事吧！是說，那段時期的晴前輩似乎熱衷於卡巴迪，還向公司招募起一同遊玩的同伴，但公司的員工裡似乎沒人瞭解規則的樣子。為了讓大家明白卡巴迪的魅力，那名奇才露出了淒厲的表情，一邊連喊著：『卡巴迪卡巴迪卡巴迪！』一邊獨自玩起來了呢。」

：咦咦咦咦……

：心靈太強韌了吧笑死。

：？？？

：是恐怖片來著？

「但之後的發展更是驚心動魄呢。看到她的身影，Live-ON的董事長似乎大受感動，就這麼衝進去加入了卡巴迪的陣容！」

：嗄？

：董事長？

：花惹發——wwww

：這種超重量級人物在搞什麼啊……

：董事長是創設公司的元老之一對吧？我是能明白他和晴晴的交情很好，但不明白為什麼要參加卡巴迪……

「『晴！妳的卡巴迪棒透啦！』『董事長？好咧！那也讓我瞧瞧你的卡巴迪吧！』兩人就此展開了對決。但最讓人難以置信的是，一時興起參加的董事長，似乎也對卡巴迪的規則一無所知的樣子。」

：嗄？

：有這種事？

：還挺少聽到Live-ON董事長的話題，他該不會是個超不妙的傢伙吧？

「我簡單說明一下那之後的發展——」

『好，碰到了！』

『卡巴迪卡巴迪卡巴迪卡巴迪卡巴迪卡巴迪！』

『……那個，董事長？我都碰到你了，你怎麼不來抓我呢？』
『妳難道想逃嗎？妳的卡巴迪就這點本事嗎？』
『不不，可是根據規則——』
『吵死了！來卡巴吧！』
『——嗯！也對！我也是糊塗了，就一起卡巴吧！』
『卡巴迪卡巴迪！奇蹟卡巴迪！卡巴卡巴迪，No. 1！』
『看著董事長的卡巴迪，我體內的卡巴迪細胞也隨之活化了！我腦子裡只想著卡巴迪！從今天起，我就是虛擬卡巴迪選手了！』
『『卡巴迪卡巴迪卡巴迪卡巴迪卡巴迪卡巴迪卡巴迪！』』
「兩人大概就是用這種感覺，開始連連喊著卡巴迪喔。」

：立即開除這兩個人啦。

：www

：結果根本就不是卡巴迪真的笑死。

：傻瓜迪。

：是克蘇魯之類的儀式嗎？

：雖然在日本常常被當哏來笑，但卡巴迪其實是個很熱血的競賽喔。

：我看了印度選手的比賽，他的動作真的超厲害的，讓我為之感動。

：大家一起去讀灼〇卡巴迪吧！

「到了最後——」

『咦？這不是淡雪小姐嗎！您好！很久沒這樣直接見面了呢！』

『對啦！咻瓦卿也一起卡巴吧卡巴迪！急戰兩秒卡巴迪實在是太棒了卡巴迪！』

「他們就這樣喊著『卡巴迪卡巴迪』朝我逼近。我當然是被嚇得落荒而逃，但我本身並不討厭運動喔！……順帶一提，各位觀眾有在運動嗎？」

：我以前是個運動好手，直到我膝蓋中了一箭（註：典出電玩遊戲「上古卷軸V：無界天際」的衛兵台詞「我以前也是個冒險者，直到我膝蓋中了一箭。」）。

：偶的腳踝扭到柳——（註：典出動畫「學園默示錄」的路人角色摔倒時的台詞）**！**

〈相馬有素〉：我喜歡把列印了淡雪閣下臉孔的紙張放在臉部下方做伏地挺身是也！如此一來每做一下就能親淡雪閣下一次是也！

：糟糕到讓我喊出聲了。果然內行……

：做到這種地步都讓人心生敬意了。

「這不是大多沒在練嗎……還有小有素，我承認妳那變態般的靈感著實高竿，但那是絕對不能和本人坦白的內容啊。啊——但既然妳有在定期運動，那還是比我更強一些呢。我是有在留意均衡的飲食啦……從今天起，晚餐就做成三菜一湯一零吧。」

：均衡……？

：到底是一還是零講清楚啦。

：我想吃小咻瓦的料理，請開店吧。

：小咻瓦開的餐廳……感覺菜單上所有的菜色都會加上「佐強〇」這三個字。

：就算沒辦法開餐廳，就不能和咖啡廳之類的店家合作嗎？

「合作咖啡廳！是個好點子呢！不曉得會端出什麼樣的餐點呢？若是會依據成員的風格量身打造……那小還會是兒童餐嗎？那麼小愛萊是……河豚生魚片？不對，是豬排飯嗎？」

：豬排飯笑死，這不是已經被抓到了嗎？

：應該是吃了會變爽的生菜沙拉吧。

：要長出鑽法律漏洞的草葉了。

：小還的狀況感覺會繞一大圈，最後在兒童餐裡加入生馬肉呢。

：小咻瓦無疑就是強〇。

：用強〇燉煮的強〇和強〇混強〇，強〇風～春季強〇配上強〇香氣佐強〇～

：我想佐以少量的強〇是無法滿足小咻瓦的，所以正確的菜名應該是「浸」強〇才對吧（神智失常）。

：這是不是找錯店家合作啦……？

：除了強○之外我只想得到嘔吐物。

：違反食安法避無可避。

：在廚房待命的小咻瓦，每當有人點餐就要吐一次。

：感覺三天後會死掉。

：小光應該是超辣料理？

：絕大部分的成員都是搭配著不像是食品的玩意兒笑死。

「不錯嘛，總覺得Live-ON最近的知名度急遽上升，就算到了談些合作活動也不奇怪的地步了呢。啊，對了對了聽我說！我前陣子去超商買東西的時候，有看到聊起Live-ON的客人喔！」

：喔！

：好羨慕那些人……

：真想吸在場的空氣。

：那些人應該也沒想到會有本尊到場吧。

：他們聊了什麼？

「是兩個男生呢。他們聊著最近喜歡的V，其中一人說著：『你知道Live-ON嗎？我最近很迷她們喔。』另一人聽了則說：『啊嘻呀呀！你認真的嗎啊嘻呀呀！居然看Live-ON那種玩意兒啊嘻呀呀！不過我也有在看啦喔呵——（、ω´）』像隻猴子一樣爆笑個不停。我差點就要衝上去打人了。」

：真是出乎意料，是個負面（？）話題呢www

：啊嘻呀呀！（挑釁）

：從那人會喊「喔呵」和笑法判斷，他推的偶像很可能是小咻瓦呢。

：被觀眾說成「那種玩意兒」的箱。

：我能明白Live-ON在世人眼裡的形象了www

：小淡沒被認出來吧？

「沒被發現喔，因為我有變裝過了！說起來，那兩個人都顧著結帳，所以連頭都沒往我這裡轉過一回，就這麼走出超商嘍。不過啊，那個『啊嘻呀呀』的笑聲太過分了吧——？給我睜大眼睛看一看Live-ON的成員啊！大家不是都很可愛嗎！應該會有受到療癒或是想為她們加油或是想爆擼一番之類的反應吧！」

：啊嘻呀呀不行，爆擼一番卻可以嗎？（困惑）

：因為那對小咻瓦來說是最高等級的讚美之詞啊。

：爆擼一番啊嘻呀呀！　￥50000

：草。

：雖然生了草，但我找人聊Live-ON話題的時候大概也都是這種調調。

：妳們是不是拿自己可愛的外表當成祭品啦……

：挑戰著「只要可愛做什麼都會被原諒」臨界點的女人。

「真是的，以後大家在外面聊Live-ON話題的時候要多稱讚幾句喔，懂了沒？……啊哈哈！」

雖說是談笑般的話題，但我也趁機發洩了內心的不滿，只不過到了最後，連我都不禁笑了出來。

人類果然是在察覺到和他人有所聯繫時，才會感到幸福的生物啊。

閒聊是最能透過對話和觀眾們聯繫在一起的直播主題。光是閒話家常，就能讓自己也變得開心起來呢。

聊聊此時此刻的心境，想必也能談笑風生一番吧——不過，在這一瞬間，我或許是因為太過開心，不小心鬆懈了下來。

狀況發生在直播接近尾聲，我正在聊著小有素前陣子直播時公布的「家人們震撼小故事」的話題之際。

因為小有素也在聊天室，話題本身可說是炒得火熱，只不過——

「果然上次借宿的時候，我見識到的只是冰山一角呢……呃，什麼什麼？小咻瓦的家人是什麼樣的人？——啊。」

那是我平時就算湧現了罪惡感也絕對不會唸的留言——但因為氣氛熱絡，我不由自主地唸了出來。

家人、家　人　、家　　　人、家人、家人——「家人」。

我的腦袋在轉瞬間變得一片空白，醉意急遽褪去。化為雪白畫布的腦海，被同樣的單字逐漸填滿。像是時間被停止了似的，我的心跳也為之驟停。雖然很想在這個靜止的世界過上永恆的生活，但看著依舊和樂融融地流動的聊天室，我便明白時間仍在流逝。隨即，宛如腎上腺素驟停所帶來的後遺症般，一陣劇烈的心跳朝我襲擊而來。

「啊——……也是呢，嗯…………欸——……啊！已經是該收播的時間了呢！有機會再來聊這個話題吧！呃——那今天也謝謝大家！拜拜，下次見——！」

到頭來，我在支吾其詞了好幾秒後，便以直播時數作為藉口，硬是強行結束了這個話題和本次直播。

……………

「嗚嘎啊啊啊啊——！我在搞什麼啊——！」

而在過了幾秒空虛的時間後，我抱著頭從椅子上摔了下來。

「我為什麼要唸出來啊？是說明明都有其他觀眾用心地寫下了提問，要唸的話也該唸那幾則才對吧！就算講不出什麼也應該也有更好的應對方式吧！真是的，我姑且也算是直播界的老鳥耶！啊———我真是蠢過頭了！」

一股強烈的自我厭惡之情油然而生。我最近雖然偶爾會犯些很有Live-ON風格的直播意外，但從未把場子搞砸過，是以厭惡感更是翻倍。

由於並沒有真正引發騷動，是以不太可能會因為剛才的狀況在社群網站掀起波瀾，但對我來說，這已是足以列為心靈創傷的重大過失。

「要振作一點啊！妳忘記在得知小瑪娜畢業時所做好的覺悟嗎！」

我用雙手拍打著臉頰，再次打起了精神。嗯，我不會再重蹈覆轍了！

我這麼暗自發誓閉上雙眼，等待著心跳和緩下來。過了不久，在內心肆虐的風暴終於隨著時間的過去而止歇。

儘管如此——

「家人啊……家人到底是什麼樣的存在呢……」

要讓覆蓋內心天空的昏暗烏雲散去，似乎還得再等上一段時間的樣子。

閒話　真的假的？

我今天用打電話的形式和鈴木小姐開會。

這雖然是一如往常的行程，然而本日的會議似乎會告知我相當重要的訊息，是以我也用心聆聽。

理應如此……

「不不，這不妙啦！這真的很不妙啦！」

聽完她傳達的訊息後，我卻露出這般狼狽的反應。

「哎呀，請妳別這麼說。喏，雪小姐也聽過星乃瑪娜小姐的大名吧？」

「我不只知道，在前些日子得知她要畢業的時候整個人還傻住了呢！」

「那就不成問題了。請『雪小姐參加星乃瑪娜小姐的畢業演唱會』吧。」

「不不不不！您都不覺得講這種話很奇怪嗎？」

沒錯，所謂的重要消息就如鈴木小姐所言。

若要說明得更詳盡一些——那就是前些日子公布畢業消息的V界泰斗星乃瑪娜，似乎在畢業直播裡準備了「想在最後見上一面的人」的節目單元。

內容正如節目名稱，是讓與小瑪娜有著深厚交情的直播主們依序登台，讓小瑪娜與對方道別。

而小瑪娜果然是不同凡響，現在光是預計參加的人員清單（包含了V在內的各界有名直播主）就理所當然地列成了一長串。

但接下來才是問題所在。在這串名單之中——和Live-ON有關的成員居然只有我一個人名列在冊！

雖然感到難以置信和不明所以，但這也代表小瑪娜想邀素昧平生的我參加她的畢業直播。

「這太奇怪了吧？明明舉辦的是扣人心弦的畢業直播，為什麼要邀我這個陌生人參加？這就像是畢業典禮遵照著近年流行，打算找來知名的綜藝人士到場，但在大肆宣傳之後，最後邀來的卻是講話風趣的街坊大嬸一樣啊？」

「雪小姐，妳不是風趣的街坊大嬸，而是優秀的VTuber吧？妳這樣太謙虛嘍。不過，這確實是一種殊榮呢。在這份名單裡，頭一次和瑪娜小姐見面的，恐怕就只有雪小姐了呢。」

「您為什麼還能這麼冷靜呀……」

老實說，我之所以會慌成這樣，除了剛才吐槽的部分之外，還有著其他的理由。

這在回覆蜂蜜蛋糕時也略有提及，重點在於我和她的活動方針可說是天差地別。

小瑪娜從出道至今雖然積累了各種經驗，但都一以貫之地以「偶像」的方針進行活動。

與之相較，我們Live-ON雖然也會辦演唱會，活動內容卻大多相當綜藝，甚至屬於搞笑的範疇……雖然也知道這樣的方針受到了不少人的青睞，我們才得以活動下去，但我們和小瑪娜的形象完全是截然相反。

證據就在於——就我所知，小瑪娜不僅沒和我或是Live-ON的成員合作過，也從未提到過我們的名字。（我想這都是Live-ON變成恐怖魔窟的錯……）

說老實話，我並沒有對參加活動感到抗拒，不如說我對此感到很光榮。但因為我完全想不到自己會被邀去上畢業直播的理由，所以才會感到不安。

「唔——……讓我上這種節目還是太不妙了啦……」

「嗯——……啊，喏，雪小姐之前不也受邀去參加晴小姐的個人演唱會嗎？就和那個時候是差不多的喔。」

「不不，但這次是來自Live-ON之外的邀約……倒不如說，這應該是讓晴前輩出馬的場面才對吧？說到Live-ON的代表，不就是晴前輩嗎！」

「但這是瑪娜小姐那邊提出的清單，我也不好過問呢……」

「小瑪娜的公司是吃錯藥了嗎！是因為要結束營業了，所以就像個隔天離職的待退人士一樣開了無敵模式對吧！」

「啊，列出這份清單的似乎是瑪娜小姐本人喔？」

「咦？」

也就是說，小瑪娜本人很想見我一面……？

我一直沒把這個可能性列入考量，所以原以為是對方的公司自作主張呢……

「由於這次的畢業直播是最後一次活動，公司似乎也抱持著感激之情，盡可能地將瑪娜小姐的要求編入節目呢。就我個人來說，基於這樣的背景，我認為雪小姐還是受邀出席會比較好呢。」

「是……這樣嗎？」

「就我看來，這回Live-ON之所以會收到邀約，應當也是出自瑪娜小姐本人的意願。我雖然還不至於認為雙方不該同台演出，但彼此合作的光景確實是有些格格不入呢。」

「原來如此……嗯——如果小瑪娜本人如此期望，我是不是出席比較好呢……」

「……順帶一提，雪小姐——」

眼見我的態度轉為積極，鈴木小姐像是在推我一把似的繼續說道：

「光是被她選上，就已經充滿了意義喔。」

「意義？」

「是的。畢竟不是其他人，而是瑪娜小姐本人選上了雪小姐參加畢業直播。我雖然也不明白她的用意為何，但這和素昧平生或是形象差異無關，光是被她選上，就是一件很有意義的事了。雪小姐不需要自慚形穢，既然是瑪娜小姐親自挑選，那雪小姐就比任何人都更有資格登台喔。」

「…………」

「雪小姐，妳是否願意為了瑪娜小姐接受邀約呢？」

「……我明白了。但我醜話說在前！既然都接下邀約了，我自然會全力以赴，不過要是出了什麼奇怪的狀況，還請別怪到我頭上喔！」

「呵呵，好的。謝謝雪小姐。」

鈴木小姐的這番話成了決定性的契機，讓我點頭同意。

「關於當天的行程，我方似乎完全不用做任何事前準備的樣子。瑪娜小姐的說法如下：『就當成去附近的超商那樣，抱持著悠閒的心情即可。』」

「哪可能那麼輕鬆啦！」

「很好很好，要維持著這股氣勢喔。」

事已至此，我不能再在直播時犯下疏失了。我不能把自己當成一個後生晚輩，而是要作為小瑪娜畢業直播的嘉賓之一，向觀眾們展現出不辱身分的表現才行！

我再次拍打自己的臉頰，將源自小瑪娜的鬥志注入內心。

嗯，好像可以。我現在將全副心思都放在小瑪娜身上，所以不管內心的天色是烏雲還是颱風，都不會被我看在眼裡！不如說我的幹勁進入了ＭＡＸＳＴＲＯＮＧ模式！

如此這般，傳說與傳說（笑）最初也是最後一次的合作就此敲定。

第二章

小咪瓦的煩惱諮詢室

人在一生之中，會經歷許許多多的「煩惱」。

煩惱——對於大多數人來說，這是避無可避的一道道坎。不管是誰，都會希望能拋開煩惱，以萬里無雲的心境享受人生。但希望歸希望……現實終究是無法盡如人意。人類自呱呱墜地起，便會為了某些事感到煩惱，並為了克服煩惱而與現實搏鬥。

不過，偶爾也會有獨自煩惱而搞垮自己，或是遲遲想不出合適解方的時候。在遇到這種狀況時，總會想找個地方，向他人傾吐自己的煩惱吧。

如此這般，我今天就以此作為主題搞了個活動！

「砰砰！小咪瓦的煩惱諮詢室隆重開幕——！耶——來乾杯啦——！噗咻！咕嘟咕嘟，噗哈啊啊啊！」

……一開場就有超大爆點。

：咦咦咦……

：快點隆重關門啦。

：要說笑的話還是停留在妳人生觀的範疇就好。

：現在所有的觀眾都抱持著不得了的煩惱喔——為什麼沒人阻止她啊？

「就是這樣！聽說就算是有自由之國美名的美國，也會對國家的未來感到不安。那即使是自由過頭的Live-ON成員，想必也有人總是抱持著煩惱吧。而小咻瓦我便會透過強〇的力量，將這些煩惱咻瓦咻瓦地解決，這就是本次的企畫！」

：別對超大國發起精神攻擊啦。

：如果是因為被妳揭露了癖性而感到困擾的成員，倒是要多少有多少。

：總覺得組長已經在檯面下成了襲擊作戰的發起人。

：煩惱諮詢室恐遭襲擊笑死。

：讓人明白自由不代表恣意妄為的良好教材。

：倚靠強〇的力量，感覺只會看到惡化而不是解決的結果啊……

：這才是該以清秀模式執行的企畫吧……

「哦？怎啦怎啦？你各位是懷疑小咻瓦沒辦法勝任諮詢師是吧——！好啊，那就來試試看啊！趁著第一名成員還沒入場之前，我就三兩下地解決各位的煩惱以證明實力吧。快寫下留言呀！」

：喔！

：真不愧是小咻瓦，很懂流程喔。

：我和別人說話的時候都無法直視對方，老是會把頭低下來。請問該怎麼辦才好？

「要是低頭，就會讓對方認為『這傢伙是看著我的胯下在講話嗎？』——等到自己抱持著這般刻板印象，就會自然而然地抬起臉龐了。怎樣（・`ー・´）」

：嗯——這個……

：微妙地有點用，真讓人不爽。

：就算真的有效，這也不該是煩惱諮詢室該給出的意見啊……

：這就是門可羅雀的諮詢室嗎？

：我想減肥，請問該怎麼做才會瘦呢？

「別吃東西了，給我動。」

：有夠生草。

：這可是接近完美的解方喔，還不誇她兩句？

：辦不到的人太多了啦……

：光是開腿就發出「喀嘰♥」聲響的傢伙好像發表了什麼高見呢。

：**別講得像是「掰開♥」一樣。**

「因為我知道的方法也就只有這個，不能怪我啦！如果真的想減肥就別來諮詢，先去健身房再說啦！別找這裡的小咻瓦諮詢，去找魔鬼〇令的小咻瓦商量啦！你搞錯要問的小咻瓦啦！」

：**說不定真的是這樣笑。**

：**要是問了另一個小咻瓦，那大概還來不及減肥就練出肌肉了。**

：**我不敢吃蔬菜，而且有點挑食，小咻瓦，快告訴我該怎麼吃最好！**

「啊——我覺得形象還是很重要的。你想想啊，如果你那些不敢吃的蔬菜，全都是本人小咻瓦努力栽種、剝皮、切碎並烹飪過的蔬菜！喏！是不是就變得想吃了呢！」

：**不，我沒辦法接受，嘔吐味太噁了。**

：**www**

：**一點也不客氣的徹底否定讓我笑了。**

：**畢竟感覺有酒臭味嘛。**

：**感覺會拿強〇澆田。**

「那我就不管啦！白——痴！不吃蔬菜的話會容易缺乏維生素，所以就吃點健康食品補回來吧白——痴！」

：**好——的！**

：身為諮詢師不該說什麼「不管你了」或是「白痴」才對吧www

：就算在摔角的過程生氣還是會擔心對方營養不足的小咻瓦有夠清秀。

：展露清秀的時機實在是太不會挑了，真是個遺憾系清秀女。

：我是小咻瓦的真愛鐵粉，該做什麼事才好呢？

「咦……咦？真愛鐵粉？啊、啊——……真的假的？咦、啊，這樣啊！原來是真心愛上我了啊！好的好的，嘻嘻，這可真是大大地不妙呢！該怎麼做才好呢——！不好意思，我喝個強〇。咕嘟咕嘟。」

：這不是超害羞的嗎？

：會心一笑。

：就只有這種時候看起來可愛。

：原來小咻瓦也有真愛鐵粉啊……

：不如說她明明長得好看卻一直都沒有這點讓人嘖嘖稱奇。

「哎呀～不過呢，我因為老是在喝酒，又偶爾會開點黃腔，所以你就算真心愛上我，我說不定也不會為之心動喔？啊——不過不過，願意真心愛上我這點還是挺開心的啦！嘻嘻嘻嘻。」

：啊，您誤會了，我真心愛上的不是您，而是魔〇司令的小咻瓦。肌肉美味可口我舔我舔。

「啊——這樣啊抱歉——是我搞錯啦！小咻瓦好丟——臉喔！（啪嘰啪嘰啪嘰——！）」

：大竹林。

：我就猜到大概會是這種爆點！

：清秀在哭泣。

：捏扁強〇罐的聲響太逼真了www

：音效和台詞對不起來喔。

：放心吧！這邊的小咻瓦也很可愛喔！

：小淡雪最棒！

「呼、呼，謝謝，我總算冷靜下來了……呃——成員似乎已經準備好進場了，所以就回歸主題吧……」

真是的，我都想找人諮詢為什麼開台的時候偶爾會變成職業摔角場地呢……不對，錯都出在我身上吧。畢竟一直以來都搞了不少雞飛狗跳的事呢。看來這就是答案了。

「呃——那就有請來賓入場！第一位來諮詢的成員就是這位！」

「我是宇月。前陣子向經紀人報告和詩音交往的消息後，便被她懷疑我犯下了罪刑。」

「…………」

「我是宇月。當我也向詩音的經紀人報告了交往的消息後，便被她擔憂我的精神是否失常。」

「那個～」

「我是宇月。我同樣向Live-ON的董事長報告交往的消息後，便被對方回應『要說笑的話就在成人影片裡說』。」

「喂。」

「我是宇月。我以前參演時間停止類型的百合成人片時，不知為何能正常行動。當時的我為了貫徹演技，不僅沒眨眼，甚至連呼吸都徹底憋住，差點因此昏厥過去。」

「喂，那邊那個傻瓜。」

「我是宇月。在我展現出超乎常人的專業意識後，導演對我說了一句：『妳這人還真可怕。』」

「我是淡雪。最近被拿清秀哏出來笑的頻率終於減少了。」

「要當諮詢師就好好當啦。」

「妳別拆自己的台好嗎？」

：wwwwwwww

：嗚哇，是聖大人！

：笑死。

：是Hir〇shi（註：指日本搞笑藝人兼YouTuber「ヒロシ」）哏耶，好懷念。我以前很喜歡呢。

：他現在也在戶外活動大放異彩喔。

：妳這人真可怕。

：咦？居然能在時間停止類型的片裡行動？聖大人好厲害！該不會擁有免疫技能吧？

：回想董事長說過的話吧。

：咦……難道那是套好招的？

：坊間不是常在說，時間停止類型的片子有九成都是造假的嗎？

：別講得像是有一成是真的一樣。

：就沒有中了時間停止的傢伙用時間停止的招數反擊……這種很有Ｊ〇ＪＯ風情的片子嗎？

：感覺片名會被取為「處女的奇妙冒險」之類的。

「呃——如此這般，嗨各位！大家的聖大人亮相嘍！今天啊，是因為聽說淡雪願意傾聽我的煩惱，我才會千里迢迢地來到這裡。」

「不好意思，能請您回去嗎？」

「咦，為什麼呀？」

「因為我們諮詢室是禁止聖大人入內的。」

「居然是針對個人的規定？是所謂的黑名單嗎？我明明什麼都還沒做啊？」
「妳說『還沒』，意思就是準備來亂嘛。」
「好啦好啦，妳先冷靜一下。我是真的想來商量煩惱，這可不是謊話喔。」
「真的嗎？我以為來的是有煩惱的成員，結果是帶來煩惱的始作俑者，差點就要火冒三丈了呢。好吧，既然如此，就准許妳入店吧。」
：在沒收收益化之後又想搞什麼事了？
：應該差不多該刪除頻道了吧？
：感覺要和詩音媽咪分手一票。
如此這般，第一位到場的成員便是這個紅色變態。
在歷經收益沒收的風波之後，聖大人如今的言行舉止也多了些人情味，也被說比以往更好相處了。雖說收益早已恢復，但她的本質依舊是個鐵桿百合&黃腔機器。
雖然從開場那亢奮的情緒來看，她八成不是要說什麼正經話，但還是姑且聽聽她的煩惱吧。
「那麼，您今天有什麼煩惱？」
「嗯……我今天啊，是想聊聊和聖大人的詩音有關的事。」
「才不是妳的東西咧。算了，所以有什麼事嗎？難道一如聊天室的留言，已經差不多要分手了嗎？」

「不，這方面不成問題。我們的情感穩定地加深著。」

「這樣啊。那麼，兩位交往到何種地步了呢？」

「咦？」

「我問妳們已經上到哪一壘啦。」

「咦咦？」

「咦個屁。我是問妳們是不是已經ＳＥＸ過了啦混帳——！」

「咦咦咦咦咦？」

聖大人一反常態地發出吶喊後，隨即露出了忸怩的姿態支吾其詞，視線也四處游移。

嗄？

「呃——這個嘛，喏，這和那個有關……就是所謂的個人隱私啦。所以這方面就……任由各位想像……之類的？啊哈哈。」

「咿嘰嘰嘰嘰嘰！」

「淡、淡雪妳怎麼啦？突然發出那種怪聲……」

「少囉唆——！搞什麼鬼啦！事到如今還裝什麼純情！死變態就該維持死變態的調調！現在還害羞個屁啦！」

「奇、奇怪？淡雪，在聖大人收益被沒收的那段期間，妳雖然講了些有的沒的，但也為聖大人的變化感到開心不是嗎？」

「話是這樣說沒錯！但一想到聖大人看起來有點可愛，我就覺得自己輸掉了某些超級重要的東西啦！」

「哦？怎了怎了？看來淡雪也終於察覺到聖大人的魅力是吧？哦？哦？」

「呼，因為煩躁過頭反而冷靜下來了。果然聖大人就該是這個樣子。」

「淡雪還是一如以往地有趣呢。」

：最近的聖大人開始會展露這樣的一面呢。

：雖然這變化的方向有些微妙，但八成是受到詩音的影響吧。

：真可愛（怒）。

「所以……不好意思離題了。您要聊詩音媽咪的事對吧？」

「嗯，對對。一如眾所周知，詩音她最喜歡小嬰兒了。」

「是這樣呢。」

「所以她對聖大人這麼說了：『我說聖！妳要不要試著把毛剃得光溜溜的？那樣一定很可愛喔！』妳覺得我該怎麼做才好？」

「妳可以滾了。」

「咦？為什麼這麼說？」

「不是啊，聖大人要不要除毛根本就是無關緊要到死的小事，您想怎麼做就怎麼做吧。」

「說是除毛，但要除的是頭頂上的毛喔？」

「————嗄？」

她說了什麼……？

「咦？我好像聽到您說要除頭上的毛，但應該不會有這種事吧？」

「不不，妳沒聽錯喔，真的是頭髮喔頭髮。」

「是長在頭頂上的那個？」

「除此之外的毛就不能稱為頭髮了吧。」

因為聖大人講得雲淡風輕，我晚了幾拍才反應過來。總之，據她的說法，狀況就是這麼回事：

詩音媽咪想把聖大人的頭髮剃個精光——

「不對不對不對不對！這太奇怪了吧？為什麼會跳到這種話題？請別再裝瘋賣傻了，我會好好聽您諮詢的，所以請好好說明一下！」

「妳怎麼突然變得這麼溫柔啊？呃，聖大人前陣子有打算換個髮型，我和詩音聊起了這件事，她便提議說：『要不要留個小嬰兒髮型？』然後就變成我的煩惱了。」

「所以我才說這很奇怪啊！這是指要把頭剃得光溜溜的意思吧！」

「根據詩音的說法，好像留下一點點長度的頭毛是最佳造型喔。」

「我才不想知道咧！」

：？

：這可糟了，糟到不能再糟。

：詩音媽咪……面對親近的人，她會變得更加不受控制呢……

：還以為是個無關緊要的小事，結果來的卻是驚心動魄的大問題，連草都要縮回地底了。

：我很自然地以為是下面的毛。真是抱歉……

：以為是下面毛的各位，感覺會為了揮別煩惱而剃光頭出家。

咦，這狀況是怎樣？不對勁的地方也太多了吧？

雖然很多想問的地方，但首先——

「您為什麼還一副講得置身事外的樣子啊？要是沒了頭髮，聖大人也會感到很困擾吧？」

「是這樣沒錯啦。聖大人畢竟是個女生，這頭深紅色的長髮也是我引以為傲的特徵。一想到這裡，我就姑且擱著沒回應了。」

「那麼！」

「不過啊，如果詩音喜歡那樣的造型，我覺得剃了其實也沒什麼不好喔？」

「您為什麼會這樣想啦？」

「妳問為什麼……畢竟聖大人其實是那種會為喜歡的人犧牲奉獻的類型啊。」

「咦咦咦……」

：好厲害……這就是愛的力量嗎……

：真不想看到這種很不貼貼的愛情煩惱。

：這下又看到聖大人意外的一面了。

：不止身體被上了馬賽克，臉上還被貼了黑線，這下連頭髮都要沒了嗎……

：宇月聖的消失。

：根本是結〇友奈是勇者的劇情。

「您不妨再好好思考一下吧？雖說這個時代確實有著認同多樣性或是個人作風的傾向，但您不覺得幾乎剃光還是太邪門了點嗎？畢竟都有頭髮是女人的生命一說了……」

「啊——果然淡雪也是這麼想的嗎？就連聖大人也為此感到相當糾結呢。」

「畢竟覆水難收，如果會讓您感到煩惱，那還是放棄為好。對啦，不如立即打給詩音媽咪，向她告知您拒絕的意圖吧？既然都上了這艘賊船了，我就會盡力協助的。」

「淡雪也太溫柔了吧……原來看在旁人眼裡，這是如此嚴重的煩惱啊。謝謝妳，那就立即解決這件事吧。我想詩音現在應該也有空才對。」

「瞭解，那我這就打電話過去了！」

我打電話給詩音媽咪後，鈴聲只響了一次就被接起來了。

「啊，詩音媽咪？我現在在開台，能耽誤您一點時間嗎？」

「嗯，不要緊喔——！是說我原本就在看台嘍！」

「啊，真的嗎！那就好辦了。喏，聖大人，換您上場了。」

「明白了。啊——詩音？我想妳剛才也聽到了，看來聖大人還是對自己的頭髮有所眷戀，所以似乎很難回應妳的期待去剃頭呢。」

「嗯嗯，我知道了！」

哦！我雖然早有預期，但詩音媽咪居然立即點頭應允。看來不需要我介入了吧？

「應該說，我那時候其實是抱著半開玩笑的心情說的……但想不到聖居然有意願配合我的喜好，讓我稍微感動了一下呢。」

「哈哈，妳怎麼會這麼想呢？真是的，只要詩音感到開心，對聖大人來說就是至高無上的喜悅了，妳難道不曉得這件事嗎？」

「呀啊——我的嬰兒女友也太帥氣了吧——！不過呀，如果妳不喜歡，我希望妳能好好說出口喔。我覺得要是無法坦承想法，就可能讓彼此的關係變得扭曲呢。所以說，聖若是在今後的相處上有感到疑問，希望妳能如實告訴我。畢竟我們都是這樣的交情了，哪還會因為一言不合就鬧脾氣嘛？」

「嗯，妳說得很對呢，我今後會這麼做的。真不愧是詩音，能看見聖大人看不見的東西呀。」

：啊，貼貼……

：雖然很貼貼，但嬰兒女友是什麼鬼？

：看這兩人就是要享受這樣的互動啊。

：感情真好。

：出道的時候完全無法想像她們會走到這一步。

……嗯，看來已經不要緊了呢。

「好的，親熱時間到此為止！由於本台的企畫仍在進行，之後就請兩位自便吧！」

「哦，這真是失禮了。謝謝妳，淡雪，託妳的福，聖大人的煩惱才得以解決。」

「我也要謝謝妳喲——！下次會好好疼妳一番的！」

「不會不會，我才要感謝兩位的賞光呢。」

兩人退出了這場直播。

呼，這兩位前輩還是一樣讓人頭疼呢。

…………………奇怪？

「等一下。總覺得就結果來看，我的直播台好像被這兩人弄成了放閃的舞台耶？」

：笑死。

：別氣別氣www

：反正她們看起來很幸福，就別在意了吧笑。

「嗯——————！果然本諮詢室今後還是要禁止聖大人入內！」

在諮詢的最後，我發出了宛如烏〇派出所在結尾時的吶喊……

「不好意思，我一時亂了步調……呃——那麼，接下來便輪到第二位心懷煩惱的成員上場了！歡迎——————！」

「呀呵呀呵——————！大家內心的太陽，朝霧晴高高升起嘍！」

：是晴晴！

：哦，也就是說這次是天氣組合啦。

：啊！是虛擬卡巴迪選手！

如此這般，身為Live-ON一期生兼萬惡淵藪的晴前輩來到了我的直播。只不過……

「那個，您都願意撥冗參加了，我問這個或許有些不太得體……但晴前輩現在還會有煩惱嗎？」

最近會在經紀公司玩卡巴迪的人，怎麼看都不像是會有煩惱的樣子啊……

「有喔！就是稅金！」

「您的煩惱不僅太過具體，也超出了我的專業，所以能請您回去嗎？」

「這間諮詢室從剛才就一直在挑客人耶。」

「我也沒想過這場企畫才開始沒多久，就得遇上朝氣蓬勃地向我諮詢繳稅問題的客人啊。」

：去找國稅局或是會計師啦。

：這可不是能拿來直播的主題啊www

：這次不是小咻瓦的錯。

「哎，我就想過會是這種反應，所以也準備了向咻瓦卿諮詢的煩惱，妳就放一百二十個心吧！」

「哦，真不愧是晴前輩！那麼，麻煩您不吝指教了！」

「唔嗯！老實說，咻瓦卿，雖說現在也是如此，但我基本上都會用暱稱來稱呼其他成員對吧？」

「是這樣沒錯呢。」

「妳知道我是怎麼稱呼四期生的山谷還妹妹嗎？」

「啊——我記得是『小嘓嘓』對吧？」

「沒錯沒錯！真虧妳記得住！果然是我最喜歡的咻瓦卿！」

「要結婚嗎？」

「來諮詢結果突然被強〇求婚，這可是會出事的喔。」

「做好稍有疏忽就會被我入籍的覺悟吧。只要我有那個心情，這裡隨時都能兼作婚友社呢。」

「哪有人去婚友社和工作人員結婚的啊？真是的，醉過頭的傢伙總是會瘋言瘋語呢……我就先不管這些繼續說啦！正如咻瓦卿所說，我迄今都稱她為小嘓嘓，但最近開始覺得這樣的稱呼有點怪啊。」

「這是為什麼呢？」

「每次有觀眾提問『小嘓嘓是誰？』之際，我都會說明『小還（Kaeru）＝兩棲類的青蛙（Kaeru）＝小嘓嘓』這樣的來歷，但因為不久之前這說明的次數來到了第三十次，我覺得是時候承認自己的命名品味不佳，換一個更好懂的暱稱了……」

「笑死。不如說您居然能撐這麼久呀……」

「所以說！我今天就是來借助咻瓦卿的力量，想出更好的暱稱啦！」

：這我超有印象。

：開台一次結果得說明三次的那天笑死我了。

：哎，但老實說是真的不好懂啊……

：和原本的名字差太多了啦。

：讓晴晴承認敗北的女人。

：原來是來自爆的啊。

「我明白您的煩惱了。但找我真的好嗎？」

「那當然！因為咻瓦卿是小還的媽咪對吧？這種事最適合詢問監護人了！」

「……總覺得我現在就算被稱作媽咪，也逐漸沒了反駁的衝動，這還真是可怕……但我大概不是她的監護人喔。」

「沒差啦沒差啦！那麼事不宜遲，妳覺得該怎麼取暱稱比較好？」

「這個嘛……就不能普通地取個『小嬰兒』之類的嗎？」

「但她又不是嬰兒。」

「慢著——！這話是不能說出來的啦！」

「可是她很可能年紀比我大喔？」

「但晴前輩不也穿著制服在做Cosplay嗎？這是同樣的道理啦！」

「我、我才不是在Cosplay！」

「不是嗎？」

「這是那個啦，是留級一輩子的意思啦！」

「這種藉口說不定比小嬰兒還糟糕喔。」

：賣力地守護著孩子的特色，真是媽咪表率。

：終於連小淡雪也萌生了媽咪意識了嗎？

：說實在的，小還現在到底幾歲了？

：我記得之前開台的時候有說溜嘴是二十八歲。

：原來如此，大概是出生後三百三十六個月的意思？

「玩笑就說到這裡吧！我還是覺得『小嬰兒』這個暱稱太樸素了呢。」

「唔嗯……但如果聽不出是在講小還，更換暱稱就顯得沒什麼意義了耶？」

「叫冷〇船長二世（註：典出漫畫《格鬥金肉人》的角色「冷血船長二世」）如何？」

「為什麼小嬰兒突然就變成超人了？您一定是因為有個二世就隨便借鑑了吧？那孩子不是超人，是超怪人，所以請您再認真思考一點！」

「總覺得小咻瓦講的話也很過分耶……」

「對啦，您覺得『吧噗味』如何？聽起來還滿像回事的對吧？」

「啊———……可是那孩子身上並沒有吧噗味，而是追求吧噗味的一方啊……」

「那不然就用還（Kaeru）的第一個發音，取做老媽（Ka-chan）算了？」

「老媽是妳才對吧！」

：對話的內容實在不像是這個世界的倫理觀笑死。

：別連小咻瓦都自暴自棄啦笑。

：頭文字B之類不就好了？

：那絕對是大媽(Babaa)的B吧。

：想包含小嬰兒和大齡姊姊和拒絕就業要素的優秀暱稱並不存在。　￥5000

唔嗯……就沒有什麼好點子嗎……

「啊！」

「哦，怎麼啦咻瓦卿？難道是想到什麼好點子了嗎？」

「不，我是還沒有想到啦……但我記得以前的聊天室裡，似乎有人取過很契合的暱稱……」

「真的嗎？很好，妳就加把勁回想起來吧！」

嗯————……是什麼暱稱呢……

我努力拼湊著與印象雷同的記憶碎片。

「我記得是很樸素的名字呢。」

「挺好的呀，我就是在想這方面的暱稱，來得正是時候！」

「還有……好像比起小還，那是更能聯想到小嬰兒的名字……啊！」

「哦？妳想起來了嗎？」

「是的！我記得是『大嬰』（註：2001年在日本影音網站「niconico動畫」上紅極一時的小嬰兒，相關影片皆會用改圖的方式為其添加毒辣的對白，因而有「大嬰（赤さん）」之稱）！怎樣！大嬰這暱稱很符合您的需求吧？」

「大嬰————！」

晴前輩也是一副正合我意的反應。

嗯，那副自稱小嬰兒的大齡身姿，加上瞧不起社會的言行舉止……愈想愈覺得這樣的暱稱很適合她呢。

：大嬰www

：好像在哪聽說過呢。

：以後別叫她小嬰兒了，叫她大嬰！

「咻瓦卿，妳真厲害！我現在已經不會把那孩子當成山谷還，只會把她看成大嬰了！」

「對吧對吧！那就直接決定以此命名，然後順著這股氣勢把小還叫來吧！」

「……剛才看聖聖的部分時我就覺得，這已經不算是煩惱諮詢，而是當仲介人了吧。」

「哈哈哈！我在共用聊天室喊著：『我來聽大家商量煩惱了！』然後引發所有成員爆笑的當下，就已經放棄這方面的堅持啦傻子！所以我才會鬧起脾氣灌下強○，靠著氣勢蒙混過關啦！商量煩惱？呵，看我讓諮詢室化身為修羅場啦！」

「完全是邪魔歪道（註：原哏出自日本漫畫家「漫☆画太郎」的作品台詞，後因「大嬰」影片而成了觀眾在吐槽時的定型句）！」

好啦，既然也致敬過大嬰哏了，就立刻打電話給小還吧——

……哦，打通了。

「媽咪？您怎麼突然——」

「從今天起，妳就是大嬰啦！」

「多多指教啦大嬰！」

我掛斷了電話。

「哎呀，這下就解決煩惱了呢！咕嘟咕嘟，噗哈！大功告成後的酒真是好喝！」

「這孩子真是厲害，過去和現在的言行完全對不起來，感覺像是在看人造〇蟲（註：指動畫「人造昆蟲KABUTOBORG」，每一集的故事劇本都毫無關聯，加上內容往往相當無厘頭，如今已是日本的網路迷因）一樣。說好的修羅場呢？」

「母子吵架可不是好事呢。」

「裝什麼乖！」

：笑死。

：從今天開始，你就是富士山了（註：典出日本前網球國手松岡修造的名言）！

：那部動畫的主角也是個邪魔歪道呢。

：給我去吃飯（註：典出日本前網球國手松岡修造的名言）！

：你難道從裡到外都變成白米了嗎（註：典出動畫「人造昆蟲KABUTOBORG」第六集，主角天野河流星（天野河リュウセイ）的台詞）？

：別對話起來啦。

：此松岡非彼松岡（註：動畫「人造昆蟲KABUTOBORG」的主角團隊中，亦有姓氏為松岡的角色「松岡勝治」）啦。

很好，這下子就解決了晴前輩的煩惱……奇怪？

「小還回撥給我了。」

「真的假的？大嬰怎麼了？」

「總之我先接聽一下。」

我按。

「喂喂？小還，妳怎麼啦！」

「嗨！大嬰！一下子沒見呢！」

「我才想問您怎麼了呢？咦？怎麼回事？您剛才說了什麼？大嬰？是說為什麼連晴前輩也

在？這實在太過莫名其妙了，反而是妳們更像邪魔歪道的一方喔！」

「我說大嬰啊，妳覺得咻瓦卿為什麼會和強○相遇呢？」

「啊，對啦對啦，我現在正在執行諮詢煩惱的企畫，小還有什麼煩惱想說的嗎？」

「現在突然有了。我沒辦法和前輩溝通呢。」

呼，調侃小還也該適可而止，差不多該向她說明事發經過了。

晴前輩不只興致高昂，還會在我有需要的時候出言吐槽，和她待在一起總是會開心起來呢。真不愧是一期生。

原本慌慌張張的小還，在聽完我的說明後也表示理解。

「就是這麼回事。小還，妳覺得如何？」

「如何呢如何呢——？」

「如果是這麼回事，還請從一開始就好好說明啦。哎，但既然是大前輩和媽咪幫我想出來的暱稱，就算再邪魔歪道，我也會原諒您們的。」

如此這般，小還的新暱稱就成了「大嬰」。

然而——在小還離開通話，晴前輩也在道別後準備離場的這個當下——事情發生了。

一則留言毫無徵兆地劃過了螢幕——我甚至忘了出言道別，整副意識都被那幾個字吸引住了。

∴想吧噗的還(Kaeru)＝吧百列(Babrieru)

「吧百列……」

「唔？」

到頭來，我的腦子裡全被吧百列這三個字給汙染殆盡，還在無意識之中唸了出來。

「吧百列……？」

「是的，晴前輩……就是吧百列。」

我輕聲傳播出去的電波，似乎也感染了晴前輩，讓她同樣喊出了那個名字。

吧百列……吧百列……吧百列……

「「吧百列！」」

而在兩人異口同聲的瞬間，我再次打給了小還。

「是，喂喂？您怎麼又——」

「從今天開始，妳就是吧百列了！」

「多多指教啦，吧百列！」

「……就算普通攻擊是精神二連擊，還也喜歡這樣的媽咪喔。」

：吧百列真是大草原。

：是墮天的加百列嗎？

：這兩人一旦湊在一起，空氣裡的Live-ON濃度就高到嚇死人呢。

：真想分一點這樣的命名品味給自己。

：聊天室幹得好。

如此這般，小還的新暱稱便決定是吧百列了。

「好咧！那就讓第三位心懷煩惱的成員登場吧！這是最後一位的啦！歡迎妳！」

「呵呵呵，就算身為大家的姊姊，還是多少會有點煩惱呢。不對，應該說正是因為心懷煩惱，才能展露出成熟的風範嘛。我是柳瀨恰咪喔。」

沒錯！如此這般，最後一位前來諮詢煩惱的，便是Live-ON的陰角代表，小恰咪～！

「小恰咪！謝謝妳今天過來捧場！」

「不會不會。聽到是同期的小咻瓦提出的企畫，我當然會萌生興趣呀。況且，那真的是讓我心煩已久的苦惱呢……呵呵，對吧，小咻瓦——？」

「哦喔？嗯、嗯，對啊。」

怎麼回事？總覺得小恰咪的模樣有點不對勁喔？

她平時給人的印象和外表截然相反，是個性格柔軟的女孩，但今天給人的印象似乎更加軟綿綿了。

「呵呵呵，小咻瓦——！」

「是、是的，我是小咻瓦，有什麼事呢？」

「小咻瓦！」

「……啊，是這麼回事吧！妳應該是因為有機會喊小咻瓦，所以開心到連喊好幾聲對吧！」

「嘻嘻嘻，被妳發現了！」

這樣啊。的確，上次以小咻瓦的狀態和她合作，已經是一週年又一個月紀念直播的事了。

話又說回來，她現在呈現著甜膩膩的蜜糖狀態，我完全能看出她在偷笑的反應，讓我感受到一股經典美好的治癒氛圍。

全世界的V粉都看好了！這就是Live-ON最後的希望啊！

「呼嘿嘿，小咻瓦……噗呼、噗呼呼嘿嘿嘿嘿嘿嘿……」

「…………」

看我看個屁啊啊啊啊啊啊！

：恰咪咪恰咪咪！

……小恰咪看起來確實是煩惱多到快滿出來了呢……

……感覺小咻瓦這三個字都要完形崩壞了。

……化為文字倒是給人強得要死的感覺。

……笑法噁過頭了。

雖然差點忘記——應該說我很想忘記——但這孩子的變態度如今也有著蒸蒸日上的跡象呢……

為了守護小恰咪可愛的一面，我還是強行把話題拉回企畫上吧。

「呃——那麼！有什麼煩惱就儘管說吧，寶貝！」

「欸？啊，對喔！我是來諮詢煩惱的對吧！那麼，小咻瓦，請聽聽我的煩惱吧。」

「放馬過來！」

「我的煩惱……和小愛萊有關喔。」

「妳搞屁啊——！」

「咦？我說錯什麼了嗎？」

我明明是為了守護小恰咪可愛的一面才執行企畫的，妳為什麼還要自掘墳墓啊？一旦和小愛萊扯上關係，對小恰咪來說絕對不會是什麼好事！

但這種自尋死路的作風確實也很有小恰咪的風格啦……算了，既然她話都說了，也不能就此打住，還是繼續聆聽她的煩惱吧。

「別放在心上……所以說，妳和小愛萊發生什麼事了？」

「這樣呀？那麼，呃——我想妳應該也知道，我一直很想和小愛萊打好關係。所以說，我今天之所以來諮詢，就是想知道有沒有什麼拉近關係的好方法喔。」

「啊——老實說，收到妳願意參加的聯絡之際，我就大概覺得會是這件事了……」

：原來不是稍縱即逝的戀曲嗎？

：光就內容來看，這明明是很可愛的煩惱，但在看過上次的線下合作直播後，只覺得莫名噁心呢。

：會讓聊天室交錯留下可愛和噁心兩種詞彙的神祕直播主，小恰咪。

：因為她又噁又可愛啊。

：這種形容法是不是用錯對象了？

：因為她的外貌水準素來被稱為Live-ON之冠啊……

「不過，妳說想拉近距離，應該也要依妳的目的而定吧？小恰咪，妳想成為小愛萊的女友嗎？」

「不，我不敢痴心妄想這種事，只要能成為小愛萊的寵物或是情婦就可以了。」

「我想妳只要拍一部打屁『鼓』打到紅腫的影片過去就行了。」

「謝謝妳，小咻瓦，我這就去拍。」

「我騙妳的。」

「為什麼要騙我？」

「聽到同期想成為後輩的寵物或情婦，一般來說都會想阻止吧！」

真想不到她會付諸實行……戀愛果然是盲目的。

「小咻瓦，拜託妳！我是認真的！況且這次的企畫是諮詢煩惱對吧？既然如此，妳就該克盡諮詢師的職責呀！」

「嗚啊，居然在這種時候講大道理……我明白了。那妳平常都是如何展開攻勢的？舉幾個例子來聽聽吧？」

「我一天會傳大概一百則訊息過去。」

「一百則？」

「是呀。但她一開始雖然回得很勤，最近一天卻只會回個五則左右而已了。」

「不不，這才是正常狀況吧！不如說小愛萊居然一直以來都能耐著性子回覆啊……」

：笑死。

：在這個時間點上所有的愛情攻勢都宣告失敗笑。

：小恰咪平常明明很怕生，但為什麼在抓相處距離的時候總是會出問題呢？（哭）

：連這方面都是草包嗎……

：就不能把一百則裡面分個一則給我嗎？

「小咻瓦，我到底是哪裡做錯了？」

「全都做錯嘍。首先別接二連三地送那麼多訊息過去啦。我想，妳只要不停止傳訊，之後不管做什麼事都提升不了好感的。」

「嗚嗚嗚……原來是這樣，我真沒用……那我該怎麼辦才好呢……」

「這個嘛……我其實也對小愛萊不太瞭解呢……」

「那就循著剛才的節目內容把小愛萊叫來這裡，然後聽聽她的喜好如何呢！」

「咦，這樣好嗎？」

「沒錯！我覺得只剩這條路能走了！呼！呼！呼！」

「依我看，妳只是想和小愛萊聊天而已吧？算啦，既然小恰咪喜歡，那就把她叫來吧！」

「啊——要來了了了！心愛的組長要來了了了了了了了了了！」

「說是這樣說，她似乎忙著直播，所以我就把看起來很閒的貓魔前輩找來了。」

「喵喵——！我是突然被呼喊所以急忙趕至的貓魔喔——！」

「————咦？」

「貓魔前輩，您好您好。」

「小咻瓦也安安喔——！」

「咦、咦咦咦咦？小、小咻瓦，妳等一下！」

和突然被叫來也毫不動搖的貓魔前輩恰成對比，小恰咪先是發出了驚呼聲，隨即明顯地慌了起來。

：沒有絲毫前兆就登場的貓魔。

：別因為看起來很閒就把前輩拉過來啦www

：就這部分來說，小恰咪的反應還滿正常的。

：這些人為什麼能不當一回事地打著招呼啊？

：奇怪？我是漏看了貓魔登場的伏筆嗎……

：我察覺到了，這場企畫開始的瞬間就是伏筆喔！

：被當成劣質企畫笑死。但迄今姑且是都解決煩惱了啦……

「怎麼啦，小恰咪？喏，和貓魔前輩打招呼啊？」

「是、是這樣說沒錯啦！可、可是我除了大型合作之外，幾乎都不曾和貓魔前輩面對面過呀！」

「小恰咪也安安喔——！」

「啊、好滴！呃，那個……安安……」

「我都知道喔，就這次的企畫主題來看，妳是懷有煩惱的對吧？」

「啊……呃……煩惱……那個……」

啊——我好像還真的沒怎麼看到這兩人獨處的時候呢。我說不定很久沒見過小恰咪如此怕生的反應了。

不過，我其實也不是在毫無思考的前提下把貓魔前輩叫來的。

「小恰咪，我知道妳很緊張，但這時正是該努力的時候喔！」

「咦？該努力的時候？」

「因為小恰咪的煩惱，是不知該怎麼和小愛萊的關係變得更加融洽對吧？就這點來看，和小愛萊交情甚篤的貓魔前輩，不正是小恰咪該視為楷模的對象嗎？」

「啊！的、的確是這樣呢！」

沒錯，貓魔前輩和小愛萊之間，存在著因為「獸娘」和「喜歡動物」而產生的聯繫，如今已是經常合作的深厚交情。

若是拿同期的成員相較，那或許還比不出高下，但若是拿掉同期這個前提，我認為和小愛萊關係最為融洽的直播主就屬貓魔前輩了。

況且，貓魔前輩還完成了小恰咪在像創的最終目標——成為某人的寵物呢。

「所以說，我認為認識貓魔前輩，才是解決妳煩惱的根本之道！還能趁機克服小恰咪的怕生症，可謂一石二鳥！」

「小咻瓦，妳的點子真棒！天才！好厲害！」

「真好哄……」

「嗯？妳剛才說了什麼？」

「我啥也沒說。」

雖說沒有說謊，但看到小恰咪深信不疑的反應，我還是忍不住擔心了起來。只不過，也不能讓前輩繼續枯等下去了。

「呃——貓魔前輩，您明白事情的前因後果了嗎？」

「哦！雖然只知道個大概，但總之就是和小恰咪聊聊就對了吧？」

「就是這樣呢。很抱歉突然把您叫來，但為了小恰咪，就請您稍微奉陪我們一下了。」

「喵喵！儘管包在我身上！我喜歡劣質遊戲，所以也熱愛著莫名其妙的發展喔！」

「謝謝您……很好，小恰咪，加油吧！」

「好的！」

：這不是單純的虐恰戲碼嗎？

：貓魔好溫柔。

：反過來被貓關照的小恰咪。

：見解一致w

小恰咪做出了很不錯的回應，那她的第一著棋究竟會是——

「呃……您、您有什麼嗜好呢？」

「總覺得好像在相親一樣喔？小咻瓦，該繼續下去嗎？」

「麻煩您了！」

「這樣啊……呃，我喜歡玩劣質遊戲和觀賞劣質電影喔。」

「啊，這樣啊……我、我是戀聲癖……」

「這樣啊……」

「嗚嗚嗚……」

「小、小恰咪加油啊！要繼續拓展話題呀！」

「小咻瓦……啊！對啦！還有，我也是個用聲音ＳＥＸ的魔術師喔！」

「妳這傻瓜啊啊啊啊啊啊——？」

為什麼偏偏先說了這個？

「真、真抱歉。我在腦子一片空白的時候聽到了小咻瓦的打氣，所以只想到了這個……」

「這個可悲的詞彙確實是被我催生出來的就是了！」

「好喵好喵，小咻瓦，這種水準的話語貓魔平常從聖口中聽得可多了，所以不會放在心上喔！」

「貓魔前輩，真的很謝謝您……我摸我摸。」

「喵～♪」

：大草原。

：是雙方都想拒絕相親的小劇場嗎？

：小恰咪早就和所有觀眾結婚了，所以是已婚人士呢。

：戶籍好隨便啊。

：小恰咪無論何時都真的表現得很恰咪咪呢。

「喵，對啦，貓魔也有拿手絕活喔！雖然最近很少表演了，不過我很擅長模仿喔！」

「啊，是這樣沒錯呢！……咦？那這樣豈不是和有戀聲癖的小恰咪相當契合？」

「──────」

我在說出這句話的瞬間──小恰咪散發的氛圍登時變了。

「這樣呀，模仿聲音……好好活用的話說不定……貓魔前輩！」

「喵？小恰咪，怎麼啦？」

小恰咪在輕聲嘟囔了幾句後，突然判若兩人地以嘹亮的嗓音直呼起貓魔前輩的名字。

「那個！請您模仿其他的成員向我做出愛的告白吧！」

她散發著一股千軍萬馬的氣勢，我也因此想抱頭叫苦。

糟糕……我明明應該要協助拓展話題的，但似乎再次不小心踩到了小恰咪的地雷呢……

「貓魔前輩！拜託您了！我認為如此一來，我一定能感到身心舒暢！」

「小恰咪，妳先冷靜一下吧？我總覺得妳的出發點太過自私了，根本和理解貓魔前輩的主題無關啊……」

「喵！這點小事不成問題喔！因為終於能久違地展現我的模仿絕活了呢！」

「這個前輩也太溫柔了！二期生真正的媽咪其實是貓魔前輩！我晚點會給您貓飼料罐頭的！」

「我想要的是敘〇苑的燒肉便當喔。」

「您的耳朵和尾巴是裝飾嗎……？」

：不能把小恰咪帶到和聲音有關的話題上啦——！

：小咻瓦解除小恰咪限制的手法是不是太高明了？

：畢竟她是Live-ON的拆彈小組啊。

：何止沒有拆彈，她還打算引爆所有的炸彈啊。

：根本是炸彈魔嘛。

「那、那麼！能請您先模仿小真白嗎？」
「喵！我試試看喔！啊——啊——呃，是這種感覺嗎？」
「嗚！好、好厲害！」
這可真厲害……我雖然早就知道了，但這身功夫真的是專業水準的領域。如果事前一無所知，就算聽在我的耳裡，我說不定也會堅信對方就是真白白本人。
「呵呵，小恰咪？咱最喜歡小恰咪嘍？」
「啊！啊啊啊！喜翻！我也好喜翻喔喔喔喔啊啊啊啊啊！」
「就是這種感覺嗎——？接下來要換誰？」
「呼、呼，那、那就有請您模仿小淡雪了。」
「欸？我不是在這裡嗎？」
「小咻瓦維持原樣就好！我想讓貓魔前輩飾演清秀的小淡雪啦！」
咦咦咦……
「明白啦！咳咳！小恰咪，我很喜歡妳喔！……諾，小咻瓦也跟上！」
「啊，呃……我、我最喜歡小恰咪嘍——！」
「嗯吼～！感覺像是性格相反的雙胞胎催眠語音一樣耳朵要懷孕啦～！」
……雖然只是順勢而為，但為什麼連我都被捲進去了？

：這w可w真w噁w

：奇怪？這是什麼樣的企畫來著？

：是讓小恰咪懷孕的直播喔。

：同時視聽人數肯定會來到一百億。

：連外星人都來看了笑死。

「好厲害！真的好厲害喔！小咻瓦，貓魔前輩的喉嚨裡寄宿著八百萬尊的神明呢！」

「好好好，妳這下滿意了嗎……？那就回歸正——」

「不，等一下！最後！請您在最後模仿小愛萊的聲音吧！這是我一生一世的請求！」

「喵喵！我就知道會這樣！嗯嗯！恰咪前輩！愛萊最喜歡恰咪前輩的喲～！」

「唏嘰咿咿咿咿！這、這可不妙！能合法攝取組長的悖德實在太過強烈，腦子都要嘟嚕嘟嚕地攪成一團啦啊啊啊啊！」

「別用這種過於擬真的擬聲詞啦！還有妳這樣講，豈不是在說平時的組長就像違法的存在一樣嗎！應該說現在這樣才是不合法的吧！」

「恰咪前輩，愛萊最近迷上了海狗，所以想看您模仿海狗的喲～」

「嗯，我知道了！小愛萊要看好嘍！喔嗚！喔嗚！啪啪啪啪！喔嗚！喔嗚！啪啪啪啪！」

「小咻瓦，這孩子超級有趣的耶！」

「也請貓魔前輩別拿後輩當玩具！」

嗚！因為小恰咪平時算是相對有常識的一方，所以在開啟Live-ON模式時的爆發力也非同小可！就連我的吐槽都要跟不上了！這傢伙難道是Live-ON裡的我〇善逸嗎？

：這都讓我們看了什麼鬼玩意兒？

：為什麼來諮詢煩惱的客人開始模仿海狗了？

：感覺連動物園裡的海狗都更有常識一點。

「呼，貓魔前輩，謝謝您。多虧有您，我才能感受到至高無上的爽快感。」

「不會不會，貓魔也為自己的模仿能取悅妳而感到開心喔！今後也多多指教！」

「好、好的！我才要請您日後多多指教！」

然後……這兩人為什麼在經歷這些之後還能萌生友情啊？

「也謝謝小咻瓦！」

「嗯、嗯……」

「那就再見啦！」

「咦？等等，小恰咪？」

小恰咪在道謝後，就這麼從直播離開了。

咦？那個～……

「貓魔前輩，我剛才姑且是在諮詢小恰咪的煩惱……但這種結尾的方式真的沒問題嗎？」
「喵——……喏，她想和小愛萊相處融洽的心願，最後不也成了認識貓魔的契機嗎？」
「啊哈哈——……」
看來小恰咪還得走上很長很長的一段路，才能將自己的愛意傳達給小愛萊呢……

Live-ON一般常識測驗

來啦來啦，我是今晚也亮相的心音淡雪！今天居然是Live-ON所有成員都參與的大型合作的日子！
……話雖如此——
「啊——啊——大家有聽見嗎？……看來都有聽見呢，謝謝你們。很好。大家真白好——咱是擔任這次主持人的真白白，也就是彩真白喔。」
我正一個人待在自家電腦的前方，映在畫面裡的就只有真白白一人。
沒錯，這次企畫的型態和平常有些不同。
「那麼，咱要開始舉辦Live-ON的一般常識測驗啦——」
雖然公布了測驗的消息，但真白白卻稍稍壓低了嗓子，以有些不匹配的語氣宣告此事。

一般常識測驗——這起企畫是這麼來的：

最一開始，這是由Live-ON的工作人員提議的點子。

向直播主們測試世上的一般常識……這是因為工作人員表示：『最近的Live-ON好像完全進入失樂園狀態啊？已經不是詢問為何天空會如此湛藍（註：典出手機遊戲「碧藍幻想」的週年活動題名。第三年的活動名為「為何天空會如此湛藍」，第四年的「失樂園」則為續篇）的狀態了，再不從「為何常識會存在」開始學起的話，狀況真的會很不妙的！』……如此這般，公司滿懷善意提出的回歸社會企畫，就這麼正式定案——

當然不是這麼回事了。根本只是工作人員表示：「要是讓妳們去測一般常識，應該會超有趣吧？』然後就這麼心血來潮地定案了。真不愧是公司，對旗下成員可謂瞭若指掌。下次就和大家一起衝進公司，把他們常備的點心吃個精光吧。為何Live-ON會如此白痴呢？

好啦，前情提要到此為止，由於企畫本身並未招致成員反對，就這麼迎接了開幕的時刻。

「平時這種大型合作，都是由詩音前輩擔綱主持呢。但因為在提及此次企畫之際，傳出了詩音前輩不曉得是否還殘留著常識的意見，便讓看起來最為正經的咱擔任主持人了……畢竟咱總是正經八『白』嘛。」

嗄？喂，真白白，妳給我滾過來這一邊。

：又辦了奇妙的企畫……

Live-on
一般常識×測驗○
●LIVE

：對Live-ON成員來說，這肯定比東大的考題更難吧。

：詩音媽咪，您辛苦了……

：嗄？

：嗯？抱歉，妳說了啥？

：正經八……嗯？麻煩妳再說一次好嗎？

「少、少囉唆！咱是頭一次擔任大型企畫的主持人，所以緊張得要命啦！公司寫給我的主持腳本上也寫著『請在這時輕鬆愉快地耍個寶，並讓超留總額達到一億圓』，所以哪能怪咱啊！是說寫這劇本的人有看過V嗎？沒必要在劇本上寫什麼『輕鬆愉快地耍個寶』吧。」

公司喔……

：不妨讓工作人員們也一同參加測驗吧。

：拿到了一部像是低成本綜藝節目的劇本呢。

：完全被公司當成諧星了笑死。

：太強人所難了啦www

：因為很可愛。　¥10000

：一億圓的女人，真白白。

：162圓的女人，淡雪。

「算了，咱要開始說明規則了。首先，咱會出個屬於一般常識的題目，其他成員都有在看台，所以她們必須於出題後的三十秒內，在專用的聊天室裡上傳答案。咱雖然覺得不會有人作弊，但透過網路找答案一類的手段是禁止的喔。就算只是看聊天室也會有不公平的問題，因此各位成員就別看直播的畫面，只聽咱的聲音就好嘍。而咱在這之後會進行解說並公布答案，然後重複著這樣的流程。各位直播主和各位觀眾，一起來向真白白老師學習一般常識吧——」

真白白老師……噗、咕呼呼……

：原來如此。

：規則倒是挺普通的。

：好的！真白白老師！

：真白白老師www

：還真是名字很可愛的老師呢笑。

「別誤會了，這是劇本上要咱這麼唸的！懷疑的話，咱就把劇本貼給你們看！」

……該怎麼說，我逐漸覺得寫劇本的人超級優秀了。這部劇本完全帶出了真白白特有的魅力啊……

「咳咳！咱還要繼續說明規則，所以就先拉回正題吧。當然，如果只是這樣的規則，便有違Live-ON的一貫作風了。要是有人報出了憨呆的答案，咱就會把她叫來上節目示眾，所以要做好覺悟喔。順帶一提，不管發生什麼狀況，都禁止交白卷。」

：還以為是個軟綿綿的可愛老師，結果是超級斯巴達老師？

：我就是在等這個。

：感覺每個問題都會把所有人叫來示眾。

：笑死。

：感覺會變成大喜利大會。

「因為明明咱還沒出任何問題，就已經有人在回答用的聊天室裡送出了『真白白老師』或是『正經八白』一類的訊息喔？要是不想個辦法反制，咱可就主持不下去了。」

抱歉，真白白，我就是其中的一個。

不過今天的我可不是吳下阿蒙！畢竟考試的日子沒辦法喝強○，所以我的腦袋清楚得很！老實說，最近就算沒喝強○，我也常常被說是微碳酸或是去除碳酸的強○呢。所以等正式出題之後，我就要展露出清秀代表的身段，讓大家看看我冰雪聰明的一面！

「嗯，大家都聽懂規則了嗎？各位直播主如果做好準備，就發個訊息給咱吧……看來沒問題呢。不過，就算沒聽清楚規則，只要照著第一題的流程跑過一遍，應該很快就能明白了，所以咱們開始吧。順帶一提，成績最好的成員，似乎可以獲得公司提供的精美禮物喔。」

好咧！Live-ON一般常識測驗，就此開始！

「問題。將國家權力化分為三項，試圖以相互牽制的方式維持近代民主政體的原理，稱之為三權分立。那麼，這被劃分出來的三項國家權力為何？要全部回答出來喔。」

……啊——好的好的，原來如此。這的確是很有一般常識感覺的問題呢。嗯嗯。

不過……這才第一題嗎？咦？總覺得來了個比預期得更為嚴肅的問題，讓我不知該感到困惑還是感到苦惱——應該說我根本不曉得啊！

我想想啊……三權分立這個詞彙我當然有聽過。還記得課堂上有學過，這是為了防止權力過度集中之類的！

呃……我記得和法院有點關係……奇怪？是法律嗎？……對了！是司法！司法肯定包含在內！

「好的，剩下十秒嘍！再不回答的話就會趕不上嘍。還沒交答案的人要快點喔——」

咦？只剩十秒？三十秒也太短了吧？

呃，司法和……還有兩個……啊已經想不到了！

因為禁止交白卷，得想個答案送出去……就這樣吧！

「好的，時間到。在出下一題之前，各位成員都可以看直播畫面嘍。嗯嗯，咕噗噗噗噗……嗯嗯，我已經收到各位成員的解答了呢，而且是五花八門的答案呢，咕嘻嘻嘻嘻……」

很好，就來做個發聲練習吧。

：五花八門的答案肯定是不行的吧www
：連真白白都笑出來了啊。
：三權分立啊，讓我回想起學生時代呢。
「那麼先來對答案吧。三權分立是將國家權力區分為立法、行政和司法，所以全寫出來的人就是正確答案喔。以日本的例子來說，立法權由國會負責，行政權由內閣負責，司法權則是由法院負責喔。不過，當然啦——只要各位是日本的國民——自然不會不明白這點常識吧？」
嘶——……
「不過，咱雖然刻意用了挑釁的語氣，但就算不曉得，也只要重新學習就行了。所以就算有人想破頭卻還是寫不出正確答案，咱也不會說三道四，只要認真記下答案離開即可。只、不、過！如果有人把常識朝著Live-ON的方向扭曲，給出了破天荒的答案，那咱就會一如剛才的宣言，毫不留情地抓出來示眾喔。聽懂了嗎，小淡、小光、小還？」
無情的電子音在耳邊響起，宣告著出場的指令。
我抱持著想哭的心情按下了通話鈕。
「呀呵——！小淡雪、小還！我們是同伴呢！」
「是同伴沒錯呢，媽咪、光前輩。」
「我不想當這種丟人現眼的同伴啦——！」

我們三個被叫上台了。接下來，我們的答案會被無情地展露出來……

「很好，都到齊了呢。馬上就是萬眾矚目的時間了。首先呢……就從小淡的答案開始公布吧。」

「咦？等等——！」

我的制止成了一場空，畫面上映出了我在聊天室所送出的解答截圖。

寫在上頭的是——

【國、家、權、多了力】

：wwwwww

：大草原避無可避。

：不是要答這種答案啦www

：真想誇她的創新能力www

：多出來有夠草。

嗚嘎啊啊啊啊——好丟臉啊啊啊啊啊啊啊啊啊！

「小淡……這是什麼意思？」

「妳不用問也明白的吧……」

「嗯，咱雖然也想像得出妳為何會這麼寫，但還是想讓本人親口說明呢。」

「妳這超級虐待狂！……因為題目說要三分國家權力，我就這樣寫了！有意見嗎？」

「原來如此，那這個『多了』是怎麼回事？」

「因為多了一個出來，我也沒辦法啊！說起來三十秒的答題時間實在太短了，妳是刻意煽動答題者的焦慮情緒，好讓我們寫出怪答案的對吧！」

「妳怎麼惱羞成怒起來了？是說，妳連一個都答不出來嗎？」

「沒啦，我還是知道司法的。」

「這不是對得上嗎？那為什麼不寫出來？」

「因為只知道一個嘛……我想說與其只寫一個，一鼓作氣寫三個能答對的機率還比較高啊。」

「……妳寫了四個喔？是喝了強〇嗎？」

「我沒喝啦！」

由於後面還有人在排隊，我的公開處刑時間就到此結束了。

而接下來映在畫面上的是小光的解答——

【魏！蜀！吳！】

「小光……這是什麼？」

「光最近啊，迷上了三國演義喔！」

「嗯，這樣呀。」

「桃鐵（註：電玩遊戲「桃太郎電鐵」系列的簡稱）三結義！」

「是桃園三結義喔。不過妳答的漢字都寫對了，真了不起。」

「嘻嘻嘻嘻～」

「咦？為什麼妳只對小光這麼溫柔？我要抗議妳偏心！」

「咱只是不曉得該怎麼做反應罷了。」

「啊……」

最後則是小還的解答。

【巨人、大鵬、煎蛋捲（註：日本1960年代，在孩童之間流行的三種事物。分別指職棒巨人隊、相撲橫綱大鵬，以及煎蛋捲料理）】

算對世上的一切抱持懷疑，也無法對懷抱疑念的自身否定其存在的事實。所以才會有『我思，故我在』一說。」

：哦喔——

：原來如此，俺不懂。

：其實翻譯過的版本還比較難懂呢……但很好記就是了。

：雖然不太懂，但我知道是很厲害的思想。

：老實說，大多數的人都是這樣呢。

呵呵！我可是有好好理解箇中涵義喔！當時一旦遇上了感興趣的事物，我就會鑽牛角尖地研究一番呢。

奇怪？如果說把那些時間拿去念書，第一個問題是不是就能迎刃而解了？

……算了，如果不仔細鑽研，也可能落得不求甚解的結果，想做到兩全其美應該是不可能的吧。

「好啦，隨著解說時間結束！接下來就來到了觀眾們引頸期盼的示眾時間了！這次也不負期待，出現了送出奇怪答案的成員喔！」

：情緒明顯亢奮起來了笑死。

：真白白樂在其中就好。

「為這次的題目上場的，分別是相馬有素，還有苑風愛萊這兩位喔！」

哦，和前一題不同的兩人上場了。四期生的其中兩位感情融洽地現身了呢。

直播台裡傳出了兩人近乎慘叫的聲音。

「搞砸了……這下真的搞砸了的喲──！」

「這樣一來，四期生就比其他期生都更早齊聚一堂了是也……」

「歡迎兩位。該怎麼說，總覺得來的這兩位很出乎意料耶。小有素先不論，咱並不覺得小愛萊是那種會亂答題的個性呢。」

「老實說，我對外國相關的問題全都一竅不通的喲～」

「啊～組長的確是給人草根性很強的印象呢。」

「我明明有著治癒系的外貌，卻老是被調侃成黑漆漆產業的組長，各位是不是差不多該感受到不對勁的喲～」

「妳知道什麼叫比下有餘是也嗎！」

：機會難得，把剛才的吧噗陸鯊（註：惡搞電玩遊戲「精靈寶可夢」的寶可夢之一「烈咬陸鯊」）**也叫來吧。她一定也答錯了。**

：是吧百列啦。你說的那個是會在吧噗味幼稚園看到的東西。

：喂，你是怎麼知道我把圓〇鯊（註：出自電玩遊戲「精靈寶可夢」的寶可夢「圓陸鯊」，為烈咬陸鯊的進化前型態）**的暱稱取為吧噗陸鯊的？**

：誰會知道啦——真可愛啊。

：小還雖然是個小嬰兒，但已經是最終進化型態了呢。

〈山谷還〉：我拿手搖鈴把你大卸八塊喔。

：怎麼辦到的？

：手搖鈴的內容物又要增加了呢。

：和我知道的手搖鈴不一樣。

「小有素，在反駁別人之前先想想妳自己的答案吧。小有素交出來的答案可是這個樣子的喔？」

【強〇思，故淡雪閣下在】

噗呼？

看到映在螢幕上的解答截圖，我不禁噴笑出聲。

小——有——素——！

「首先呢，咱說過這是填空題了吧？連沒填空的地方都改掉，直接就是錯誤的回答了，況且填空的字數也不合呀。還有，說起來這到底是什麼意思？」

「就算懷疑強〇的美味，也沒辦法懷疑深愛強〇的淡雪閣下是也。」

「妳知道自己在說什麼嗎？」

「我不明白是也。」

「那這個問題的答案呢？」

「我不曉得是也。」

「老實承認真乖。」

：我早就猜到她會想盡辦法把小淡雪的名字塞進去了。

：沒在三權分立的時候出場真了不起。

：小淡差點要成為國家權力的一角笑死。

：讓一個人承擔這樣的地位，就已經差不多是實質上的獨裁政治了。

：很有小有素的風格呢。

「接下來是小愛萊的答案……咱單純感到不解，到底是怎麼得出這個答案的？」

畫面上映出了【物】這個字。

換句話說，她給出的答案是「物思，故我在」……

「那個，說老實話，我在作答時是真的完全曉得答案的喲～在那個當下，我想說既然身為園長，就想填個『動物思，故我在』的答案，但在最後一刻才發現填空的空格只有一個字，加上已經沒時間了，所以只填了一個『物』字的喲……」

「咦，所以說這個的唸法不是物體的『物(Momo)』，而是動物的『物(Butsu)』的意思？」

「就是這樣的喲～有什麼問題嗎？」

「不不，要是把這個『物(Butsu)』的讀音標出來，就會變成『物(Butsu)思，故我在』喔？根據讀法的不同，看起來也會像是強烈的『違禁物(Butsu)』成癮者寫出來的答案唷？」

「啊……」

「愛萊閣下，違禁物是什麼東西是也？」

「等、等小有素長大一點再告訴妳的喲～」

：糟糕草。

：別種出糟糕的草啦。

：嗶——啵——嗶——啵——

：與其說她年紀小，不如說在場大概沒人能接這個哏啊。

〈柳瀨恰咪〉：小愛萊！在我心中，妳的回答就是正確答案喔！

看來小愛萊很難從組長哏裡脫身了呢。

：不能讓這個成為正確答案啦……

「問題。知名音樂家沃夫岡．阿瑪迪斯．莫札特的作曲生涯中，被稱為最後一作的作品為何？（正確來說是因為莫札特逝世而未能完成，由徒弟補全後完成的作品。）」

……嗚哇，完全不懂！

咦，古典樂不在我的轄區內呀……

莫札特作過哪些曲子來著？我雖然有聽過古典樂，但不曉得曲名和作曲家的比例是不是挺高的？對於有相關興趣的人來說，這應該是超級簡單的問題吧，但我就是不會呀……

「那是能代表莫札特的名曲，也是所有人肯定都聽過一次的曲子喔。從小便以神童之姿揚名於世的莫札特於三十五歲去世，也被評為是受諸多病魔纏身的人生呢。」

：我聽說他是被人毒殺的，這種說法是真是假？

：我也看過研究報導，說他是死於鏈球菌引發的咽喉炎呢。

：這種謎團重重的部分也很浪漫啊。

……啊，我想到一首莫札特作的曲子了……但答案絕對不是那首曲子呢。忘記它吧。

呃、呃……

「好的還有十秒，要快點答題喔！」

啊——不知道啦！我記得古典樂有一首叫「離別曲」的曲子對吧！這聽起來也像是最後製作的曲子，就用它上吧！

「好的時間到！那就來對答案吧。正確答案是『D小調安魂曲 K.626』呢。就算只寫出安魂曲也算答對喔。」

……我知道。我只是忘記了，其實我知道。畢竟我偶爾也會哼幾段安魂曲的節奏嘛。

是說現在回想起來，我才發現「離別曲」是蕭邦的作品啊！我如果多思考一點，應該就想到了呀！

一旦有了時間的限制，就沒辦法冷靜思考呢……

「所謂的安魂曲，是為了亡者而創作的彌撒曲。由於同名的曲子為數眾多，是以這一題所提及的，專指莫札特所創作的安魂曲。在拉丁語裡，安魂曲（Requiem）似乎有著『賜予安息』的意思，日語曾把這個詞彙翻譯成『鎮魂曲』，但現在被認為有失精確而不再使用的樣子。維基百科真方便呀。」

居然自己承認了嗎……算了，要是連出題者都弄不明白可是會出問題的。

「好啦，因為這次答題而要上台的是……有請宇月聖前輩和貓魔前輩。」

啊，我雖然答錯卻沒被叫上去，代表真白白認為我努力過但還是答錯的意思吧。

咦……糟糕，總覺得感覺超丟臉的耶？不如把我抓上直播示眾然後一笑置之還更有Live-ON的風格，好讓我滿懷感激地走下台階啊？這股無處消散的羞恥感究竟該怎麼處理啦？

這麼一來，我不就單純成了個答錯題目的傻瓜嗎！

「啊——啊——聽得見嗎？」

「有喔，聖大人，咱聽得很清楚呢。」

「好像有一段時間沒和真白這樣聊天了。最近怎樣？妳還是一樣迷戀著腳指美甲嗎？」

「我最近沉浸於用腳指沾巧克力吸吮的情境。」

「色爆了。」

「喵喵——！貓魔也來嘍——！」

「也歡迎貓魔前輩。這下就到齊了呢。」

：別順口暴露自己不得了的癖性好嗎？

：這也是真白白決定好情人節插畫的瞬間。

：用這段對話代替問候的兩人好可怕。

「話又說回來，這次只有兩名二期生感情融洽地登場呢。兩位都不感到丟臉嗎？」

「真白，麻煩妳的表情再輕蔑一點。」

「和答錯相比，貓魔更為和聖同期一事感到丟臉呢。」

「好的好的，但兩人的融洽指數還不止於此喔。真想不到，兩位的答案居然一模一樣呢。」

欸，真的假的？如果是同時答對，還可以說是理所當然，但被叫上台的都是答錯的成員，能在這方面達成默契，應該算是相當罕見吧。

「兩位的答案如下。」

【【吻我屁股】】

：笑死。

：抱歉，其實我早就知道了。

：這確實是莫札特作的曲子啦www

：這首曲子的題名真的超級有名笑。

：但最重要的曲子本身好像沒多少人聽過呢。

：原來有這種曲子啊，長見識了……

「兩位有好好讀過問題敘述嗎？這是要回答莫札特的遺世之作喔？最後留下來的哪可能會是

這首曲子呀？」

「但說到莫札特的代表曲，就是這首了吧？」

「聖說得沒錯喔。」

「兩位把莫札特當成什麼人啦？」

——說不出口。

「可是聖大人只認識莫札特的這首曲子呀。對吧貓魔？」

「這已經可以當正確答案了。」

「就是因為答錯了，才會把妳們叫上來啊，兩個傻前輩。」

「啊，真白妳知道嗎？正如曲名所示，莫札特其實超喜歡開黃腔，還寄過寫滿下流哏的信給自己的表妹呢。」

「聖真是博學多聞。」

「您為什麼只知道這麼一首莫札特的曲子，卻對他的小知識瞭若指掌呀？」

——就算扯爛我的嘴，我也不能說自己唯一想到的莫札特曲子就是這首！

：已經可以當正確答案了笑死。

：莫札特也想不到自己的曲子在未來會頻頻被世人當哏吧。

：小淡雪沒一同入列讓我感到意外。

：的確，因為不是咻瓦狀態嗎？

啊！正如聊天室所說，與其只是答錯問題，不如被抓出來當成笑柄還更好一些！好羨慕聖大人和貓魔前輩！我要是也回答「吻我屁股」就太……太……太好……不不，果然還是沒這回事。因為寫出來的話就會清秀全失了。嗯。

「問題。常被引用諸如『骰子已被擲下』或是『我來、我見、我征服』等名言的羅馬共和國執政官——蓋烏斯．尤利烏斯．凱撒在遭受暗殺臨死之際，向背叛了自己的心腹喊出的名言為何？」

噢，這次是世界歷史啊……但即使是我，也聽說過凱撒的大名喔。問題所引用的名言想必同樣是提示。不只是凱撒的名字而已，這兩句名言也在我的腦海裡留下了印象。換句話說，我很有可能知道這一題的答案。

嗯，感覺想想就會迸出答案了！快絞盡腦汁吧！

：出現啦，是萬人迷禿子。

：也別忘了他欠了一屁股債。

：他可是歷史偉人啊www

：雖然功績也很驚人，但他的名字還真是有夠帥氣啊。

：莎士比亞創作的《凱撒大帝》也相當知名呢。

快回想問題的敘述。情境是遭到心腹背叛，而且自己將死之際。然後是符合這般情境、連我也知道的名言。

——啊！來了來了！有個完全符合的答案嵌入了腦海！那就是這個答案了吧！說我十拿九穩也無妨！

「還剩下十秒喔——快點回答——……好的時間到。呵呵，那就來對答案……噗呼呼呼……」

啊，看真白白的這個反應，想必又有人寫出了奇怪的答案。

一般來說，要寫出奇怪的答案應該是不太容易才對……但這裡可是Live-ON，寫不出怪答案的狀況反而罕見。

「咳咳，失禮了。那就來對答案吧。正確答案是『布魯塔斯？你也有份？』呢。」

好耶，是正確答案！看吧！果然和我想的一樣！得意得意！

「內容雖然平實，但只要聽過一次就難以忘記，是一句名言呢。布魯塔斯是人名，是凱撒的心腹之一，同時也是背叛者的馬爾庫斯・尤利烏斯・布魯圖斯。若是用英語來唸布魯圖斯，就會得出『布魯塔斯』的發音喔。」

：這也是偶爾會聽到的句子。

：說是一般常識，出題範圍倒是相當廣泛，幸好題目內容都是些有名的事物，還算是有良心。

：在「遭到背叛時想喊出的台詞排行榜」是不動如山的第一名。

：我懂。

：但說起來真不想被背叛啊……

「這次呢……就請柳瀨恰咪、祭屋光和相馬有素一起上台吧。」

三期生也要加油啊……不過我也沒臉這樣講，因為第一題就搞砸了呢。

「好的，恭喜三位，妳們很榮幸地被選為公開處刑的對象了。」

「已經是第二次了是也……」

「怎麼會……奇怪？不是這個答案嗎？我原本很有自信呢……」

「小真白！光想在每一題都被拖上台！想被妳狠狠地嘲弄一番！就算答對了也想被叫上台，成為大家的笑柄！」

「終於出現了以到場為樂的成員呢……這再怎麼說都是一場測驗，況且分數最高的成員還有禮物能領，所以咱會嚴守規則，不會特別冷落或是優待其他人喔。還是要好好考試啦，小有素，聽懂了嗎？」

「咦？為什麼在說了這麼多之後，卻偏偏點名了我是也？」
「因為妳寫了這種答案啊。」

【淡雪閣下萬歲！】

別隨便對我喊萬歲啦，給我撤掉。
「請解釋一下。」
「這種默寫類型的問題，如果不是打從一開始便知道答案，就無計可施了是也。」
「別說這種歪理了。是說妳沒聽過這句名言嗎？」
「在看過答案之後，才發現我有聽過是也。」
「那為什麼還要扯歪理？給我乖乖反省！」
「但我再怎麼說都是反抗軍的一員呀！」
「只會在奇怪的地方遵守著官方設定呢……是說，這個答案完全是在搞笑吧？凱撒可是西元前的人喔？那時候哪可能會有小淡呀？」
「您在說什麼呢？難道您不曉得誠心效忠凱撒的那位心音・強〇・淡雪閣下是也嗎？」
「別把歷史扭曲成自己喜歡的樣子啦。」

：小光和小恰咪在後面爆笑有夠草。

：真的超級喜歡小有素。

：這下要揭穿真相了，小淡之所以會被強〇吸引，是因為渴望著自己前世的一部分啊。

：諸多糟糕的傢伙裡特別糟糕的傢伙。

「……好啦，下一位輪到小恰咪……妳真的覺得這是正確答案嗎？不是因為不曉得就隨便挑了個搞笑哏回答？」

「咦？那還用說，我以為答案只有這一個而已呢……奇怪～？」

「……那麼來揭示小恰咪的答案吧。」

【阿忠，我累了】

這搞錯了吧？

「小真白，這真的不是解答嗎？」

「嗯，不是喔。應該說從頭到尾沒一個字是對的。」

「咦咦？這難道不是凱撒的名言嗎？」

「連凱撒的凱字都沒沾到邊喔。這真的到了會讓人覺得『是哪裡搞錯了才會端出這種回答』

的程度呢。」

「啊，這是『龍龍與忠狗』的對白呢！」

「…………啊啊啊！？」

在被小光提點後，小恰咪似乎終於發現自己錯得一塌糊塗。她先是發出了驚呼聲，隨即又迸出了不成聲的慘叫，整個人害臊了起來。

：有人會錯到這種地步嗎？

：累的應該是小恰咪才對吧？

：哎，但就遺言這點來說是一樣啦……

：凱撒「布魯塔斯，我累了。」

：布魯塔斯「快點去死啦。」

「最後則是小光。雖然在妳又笑又吐槽的時候說這些有點抱歉，但妳的答案也差不多喔。喏，妳看這個。」

【藍牙（Bluetooth），你也有份？】

「光其實也知道那句名言是在喊一個名字很像藍牙的人喔！只差一點呢！」

「咱還以為妳和藍牙有仇呢。」

小光，真可、可、可、可可可可……不行，我還是不想認為這很可惜。

好啦，既然三人的答案都公布過了，接下來就是繼續答題——就在我和參與的直播主們都這麼想之際……看到小光的解答後，聊天室驀地爆出了一陣異樣的騷動，讓直播台朝著出乎意料的方向發展。

：這是正確答案吧？

：剛剛不是也有提到布魯圖斯嗎？

：原來如此，只要不當成英語來看就算過關吧。

：翻譯時偶爾會有標音不準的狀況，說不定有希望算是正確答案？

：咦？可是發音好像拖長了耶？

沒錯，背叛者的名字是布魯塔斯沒錯，但這是英語發音，原本的名字其實是布魯圖斯。

換句話說——「布魯圖斯，你也有份？」其實也是正確答案。而經歷一番討論後，開始有人認為小光的答案同樣能過關。

「咦……雖然也不是沒有道理，但這個還是有點……」

「不過小光！觀眾裡也有人認為可以過關喔！」

真白白在煩惱了一陣子之後，決定交由Live-ON做出判斷。

而Live-ON官方的見解則是——「出局」。

「Live-ON，你也有份嗎！」

小光就這麼為這一題締造了完美的爆點。

「問題。七福神中的其中一尊——大黑天大人總是帶著一個大袋子。請答出袋子的內容物。」

啊——好的好的！是七福神大人呢！好的好的好的。這一題嘛，對我來說，真是超～簡單的！

「這是和七福神有關的問題呢。在日本大多被當成招來好運的神明，七福神一詞也廣為人知，但大家都知道這七尊神明的名字嗎？七福神是由惠比壽、大黑天、毘沙門天、辯才天、福祿壽、壽老人和布袋這七尊神明所組成的，機會難得，大家就記下來吧。」

嗯嗯，那還用說！我可是通曉七福神的專家，就算在睡覺的時候也一直照順序哼著神明們的名字呢！

「好啦，關於七福神的來歷呢，其實並非只有日本的神明，還有來自印度和中國的神明唷。比方說大黑天大人、毘沙門天大人和辯才天大人都是來自印度的印度教，其原型分別為摩訶迦羅神、俱毗羅神和薩拉斯瓦蒂神的樣子。」

：真白老師真博學～！腦袋裡裝了維基百科！

：感覺不著痕跡地在調侃她呢。

：我記得摩訶迦羅其實就是濕婆神的樣子？明明有著和藹可親的樣貌，個性卻意外地火爆呢……￥777

：但說穿了，也只是借鑑的原型罷了。

：印度教的眾神大多有著相當刺激的小故事，不過這也是魅力所在呢。

：啊——我懂我懂，是在聊福神漬（註：以蘿蔔、茄子、小黃瓜、蓮藕等蔬菜製成的日本醃菜）對吧。吃咖哩的時候可不能漏掉呢。

：就是說呀！好好吃！

：溫柔的世界。

沒錯，我知道！我瞭解到不行！因為我對七福神可說是無所不知！其實我是七福神真愛粉呢！我可是想獨占七福神的麻煩宅女呢！

「好啦，時間隨著解說流逝，轉眼間只剩下十秒啦——還沒寫出答案的人要快點喔………好的時間到！那就來對答案吧。正確答案是『七寶』呢。」

呼——！讚啦！

「雖然說是寶物，但其實不是具有實體的物質，就坊間的解釋來說，這指的是對人類來說至關重要的七種精神狀態所凝聚而成的寶物喔。」

呀——！真不愧是大黑天大人，好帥氣！也把我塞進袋子裡吧——！

「如此這般，接下來到了慣例的示眾環節……但寫錯的人也太多了吧？這一題可能還是有點太難了吧。嗯——該怎麼辦呢？總之先請詩音前輩上台吧。」

呼，大家居然連這點問題都答不出來嗎？我難過……

「還有小淡，妳應該心裡有數吧？快點過來。」

我哪可能答得出這種問題啦——

「好的，兩位都到場了呢。」

「詩音前輩，您在七福神裡最推崇誰呢？」

「欸？推、推崇誰？小淡雪，妳怎麼突然問這個？呃——硬要說的話，我喜歡的應該是惠比壽大人吧——」

「我是想獨占七福神的女人，所以您是敵人了，請做好覺悟吧。惠比壽大人是我的東西。」

「從妳這追星的態度來看，不曉得會是樹敵眾多還是缺乏對手呢……應該說，妳是因為答錯了，才會來到這裡的對吧？怎麼可以答錯和推崇對象有關的問題呀！」

「我是在看到題目的瞬間開始追星的，所以這也沒辦法。」

「小淡雪，妳該不會是醉了吧？」

「我醉了。」

「好啦，小淡，妳別說謊了。就算想把答錯的原因歸咎在喝醉上頭，咱也不會讓妳過關的。詩音前輩，您也不需要和她認真喔。」

「咦？啊，呃，對不起……不過，真白白是怎麼知道我沒喝醉的？從第一題到現在的這段期間，我是有可能去喝酒的吧？」

「對咱來說，只要憑藉講話的音色就能聽出來嘍。」

「啊，原來如此。」

這樣呀……真白白對我的瞭解已經這麼深入了呀……（臉紅）

「好的，如此這般，小淡的答案如下。」

【強〇一年份】

「好的，接下來是詩音前輩的答案。」

「真白白妳等一下！至少多聊一點！既然都把我叫上台了，就多挖苦我一點嘛！」

「因為咱已經猜到妳想講什麼了啊。」

「妳誤會了！我是打算先裝傻說：『那個袋子裡裝滿了1500罐的強○。』然後再被妳吐槽：『那不是一年份的量吧？』那句解答是連這部分都精心計算過的結果啊！」

「妳為什麼把作答時間拿去思考該怎麼搞笑啊？」

「還不是因為我根本想不到，所以只能耍寶了啊！」

「搞笑藝人思維的表率。」

：貼貼。

：反正袋子裡裝的東西有很多講法，乾脆讓她過關算了？

：目標達成。

在我被真白白高高捧起重重摔落後，這回輪到詩音前輩的解答——

【大家的心願】

「欸，小真白，我這樣有答錯嗎？我以前有接收過這樣的知識耶？」

哦～真是個充滿夢想的好答案呢。

「根據傳說的不同，似乎也是有這樣的說法呢。但因為咱湧現了不祥的預感，雖然有些突然，但咱要進入挑戰時間。」

「咦？挑戰時間？」

「咱現在會問詩音前輩問題，並依據前輩回答的內容決定是否正確。」

「好強硬的做法……不過我願意接受！」

「那咱要問了。裝在大黑天袋子裡的東西是詩音前輩的願望，那請問前輩的願望是什麼？」

「咦？一整個袋子的小嬰兒。」

「好的，答錯。」

「為什麼啦～？」

這根本是最糟糕的答案吧。

：咿？

：真白白的判決是正確的。

：又不是克蘇魯的神明。

：妳這樣說，大黑天大人看起來不就成了綁架犯嗎！

：把所有的小嬰兒全～都關起來喔（註：改編自漫畫《暖暖日記》的想像角色「關門大叔」的台詞）～

：完全是對神明的褻瀆啊……

「喏，聊天室也一筆一筆說明著被判錯的理由喔。」

「嗚……那、那些說不定都是我和大黑天大人的孩子呀！」

「不行不行，別把火引到神明的身上啦。說起來，詩音前輩既然身為巫女，在這方面的問題就該好好回答才對呀。」

「嗚嗚嗚——……嗯，妳說得沒錯，我會好好用功的……」

明明寫了正確答案卻被判錯，這就是在Live-ON會發生的事。

「問題。日本的8月11日是國定假日。請問那是什麼日子？」

嘿咻，趁著這段時間趕快趕快……

「這是和許多人都喜聞樂見的國定假日有關的問題呢。雖然應該也有人覺得是理所當然的知識，但咱們並不是上班族而是直播主，對於國定假日和一週的流逝是很不敏感的。之所以會出這一題，也是在考驗咱們這些直播主有沒有與世間的價值觀正常地接軌呢。」

——好咧，準備完畢！呃，是什麼問題來著？國定假日？

「要再給點提示的話，只要多思考一下問題的內容，應該就能過濾出幾個候選答案才對——大家都知道嗎？」

糟糕，得快點回答才行！沒時間了快點快點！

：Yes－！

：這還是知道的。

：畢竟直播主們往往會不小心在假日的早上開台送大家上班，所以是個很難的問題呢。

：笑死。

：啊～原來如此，這句話確實是個提示呢。

……ＯＫ我趕上了！呼，畢竟答題時間真的很短呢，好險好險。

「好的時間到。那麼來對答案吧——正確答案是『山之日』。根據國定假日法第二條，這個假日似乎是為了增添與山親近的機會，以及感謝山林帶來的恩惠而設立的。順帶一提，剛才之所以會說是提示，是因為這題所指定的國定假日，並不是每年都會改變日期的節日，因此從日期固定的節日開始挑選即可。」

嗯嗯，開始熱起來了呢——

「那就來確認答案吧，咱是希望大家都能對啦……嗚哇，這是怎麼回事……欸——小淡，妳再上台一次！」

嘻嘻～被叫上去啦！

「咱說小淡啊……」

【和真白白結婚直播日♥】

「這個答案是怎樣？」

「欸，真白白，妳出的問題有紕漏喔。我不知道妳指的是哪一年，只好寫了今年的答案。但如果是去年，我就要寫【被真白白告白紀念日♥】嘍。」

「真虧妳有辦法用答案為咱造謠，問題才沒有紕漏呢。真是的，這下子就連續兩次把小淡叫上來嘍？妳至少也靠直覺猜些其他的國定假日嘛，不是還有勞動節之類的可以猜嗎？」

「勞動節？哈！我在直播主之前可是個社畜，從來沒品嚐過慶祝勞動的滋味喔！我在11月23日那天都是要照常上班的！」

！？

「抱歉，咱沒想到妳會回應得這麼痛心泣血……嗯，奇怪？小淡，妳該不會醉了吧？」

「好、好厲害！妳真的分辨得出來耶！老實說，我剛剛才匆匆拿了一罐強〇來喝呢！而且我才剛開始喝，所以根本沒什麼醉意，妳真的好強！」

「咱不是說過了嗎？憑咱的交情，光是聽聲音就能辨認了。」

「因為我覺得妳一定是在開玩笑……太感激了！真白白果然超愛我的呢！兩情相悅！」

「好好好，愛妳愛妳。」

：真白白好猛啊。

：我只聽得出她在抒發情緒時的聲音變柔了一點。

：這女人為什麼要對出題人出題啊……

：這下子真白白和小咻瓦都答題過了，所以Live-ON的所有人都參加啦！

：原、原來如此？小咻瓦竟然想得這麼多……多麼深厚的同伴情誼啊！

：她一定什麼都沒想，所以大可放心喔。

「……小咻瓦，順帶一提——」

「嗯？真白白，怎麼啦？」

「在今年的8月11日，為了應景山之日，咱和小咻瓦一起開了壺婆同步直播台喔。」

「欸？」

啊，我隱約記得那段時間確實做過這種感覺的直播。

……不對不對，重點不在這裡！

「妳、妳為什麼記得那麼久之前的事？」

「咦，只要是和小淡和小咻瓦合作過的直播，咱其實都記得很清楚呀。雖然還不到如數家珍的程度，但玩得特別開心的時光，咱都能記得特別詳細。比方說——以同為8月的合作來說，咱們就曾在22日辦過雙人麻將研討直播嘛。」

「咦？咦咦咦咦？」

「怪了怪了？可是小咻瓦看起來好像沒記住耶——好可惜喔——」
「啊、不是、呃——」
「呵呵，剛剛雖然說是兩情相悅，但愛得不夠深的似乎是小咻瓦呢——？」
「真、真對不起……」
「明白的話就回去認真答題吧。」
「好滴……」
臉頰好燙……這不是酒精的關係……是說連酒精都蒸發了……
：別打情罵俏啊！
：雖然超級喜歡貼貼，但其他所有成員都盯著看啊www
：妳們是傻瓜情侶嗎！！
：畢竟真白白看起來冷淡，其實超級喜歡淡雪啊。
：這下子不是全員參戰的時候了，已經參戰的所有角色都要退場啦……
：全（噔！）員（噔！）退（噔！）場（噔！）
：肯定會像某知名預告片那樣上特大號的字幕，然後引發軒然大波。

時值此刻，本次企畫已讓Live-ON成員答出了不少可謂「異」般常識的古怪答案。這下連忍〇殺手先生（註：指小說《忍者殺手》的主角「忍者殺手」）都會看得臉色鐵青。

跌破眾人眼鏡的是，現階段居然還只是剛結束序盤而已。一直到企畫的最後一題結束為止，直播主們都持續給出了莫名其妙的回答。

以下所刊載的便是其中的一部分：

【問題。電壓×電流＝什麼？】【解答：電力】

↓

【答題者：祭屋光】【答案：世界滅亡！】

【問題。人類有多少條染色體？】【解答：四十六條】

↓

【答題者：山谷還】【答案：和我同樣的數量】

【問題。馬可波羅曾將自己在亞洲各國的見聞口述成書，請問此書的書名為何？】【解答：東方見聞錄】

↓

【答題者：神成詩音】【答案：櫻〇小丸子】

【答題者：心音淡雪】【答案：阿〇冒險中】

【答題者：宇月聖】【答案：ANAL（Asian Nations All Looked）】

【問題。空海在平安時代初期曾在日本開創了大乘佛教的宗派，請問宗派名為何？】【解答：真言宗】

↓

【答題者：晝寢貓魔】【答案：對抗陸地教】

【問題。法國軍人聖女貞德曾活躍過的戰爭為何？】【解答：百年戰爭】

↓

【答題者：宇月聖】【答案：聖女ＶＳAlter（註：出自日本電子小說《Fate/stay night》系列的概念，泛指英靈墮入黑暗面，或是與一般傳說形象不符的姿態）色色戰爭】

【答題者：柳瀨恰咪】【答案：千年戰爭】

【答題者：苑風愛萊】【答案：聖杯戰爭】

【問題。自2024年開始發行的新一萬圓鈔票上頭所描繪的人物為何？】【解答：澀澤榮一】

←

【居然是唯一一個全員答對的問題。看真白白的反應感覺得出她不太高興，真可愛。】

如此這般，隨著二十道問題全數出盡，這場測驗也迎來了尾聲。

現在所有的成員們都進了直播台，企畫也到了收播階段。

「呃——如各位所見，這次的測驗即將到此結束，最後則是公布各位成績的環節。首先是小愛萊和詩音前輩，兩位非常努力，幾乎拿到了滿分呢。其次是小淡、貓魔前輩、小恰咪、小有素，妳們的成績很普通，都不覺得以身為Live-ON的一員為恥嗎？至於剩下的白痴們，老師很擔心妳們的將來呢。」

咦？我明明對了大概一半左右，為什麼還要被莫名其妙地酸上一把……？

「而在最後，咱要公布成績最優秀的成員了。真想不到，在所有成員之中，有一位真的達成了全數答對的創舉喔。」

真白白公布了相當震撼的消息。雖然說是一般常識，但能將這二十題全數答對的人應該也是相當罕見吧。

然而，在全數成員到齊的直播台上和聊天室裡，全都充斥著想說「早就知道了」的人們。

嗯，因為那個人一次也沒被抓上台示眾嘛。到了測驗的後半，由於她一次也沒答錯，真白白就算想把她抓上台也無從著手，這也讓我們心裡有底。

「如此這般，成績最優秀的是──朝霧晴前輩！真白白老師要幫妳畫小花嘍！」

「耶────！」

真白白硬是裝出高亢的語氣，講出了明顯是寫在劇本上的台詞。

而像是等待已久似的，包含我在內的直播主們和聊天室裡的大家，都在這時毫不吝嗇地給出了掌聲和讚聲。

哎呀──說起來這真是了不起。我雖然早就知道她是個天才，但居然在這種測驗也能留下成果……真的是個無所不能的前輩呢。

「欸欸小真──！快點！快給我豪華禮物！我可是最高分的人喔！」

「哦，您覺得咱給的小花還不夠嗎？」

「嗯！」

「真是個坦率的孩子……咱明白了。那咱就將一個稱號賜給您吧。」

「哦，稱號？這倒是有些意外的禮物呢，但這種獎賞似乎也不賴！是什麼樣的稱號呀？」

「嗯，咱要授與晴前輩『Live-ON頭號乏味人士』的稱號。」

「咦？」

笑死。

「為、為為為為什麼？我不是全部都答對了嗎！」

「不不，就是因為您都答對了才有問題喔。老實說，您實在是太缺乏戲分了，咱想觀眾裡肯定也有人早早死了心，直到此刻才發現您也在場呢。」

「太過分了吧？我可是覺得難得有機會發揮我無所不知的本事，拚了命地好好回答耶？」

「如此這般，請問Live-ON頭號乏味人士現在作何感想？差不多是和大家說再見的時候嘍。」

「這個企畫的內容太詭異了！不要啦！我不要當乏味人士啦啊啊啊啊啊啊啊——！」

就這樣，在晴前輩罕見又不太罕見的慘叫聲中，這次的企畫就此結束。我差點就忘了，這位前輩雖然看似無所不能，但總是會給人凸槌的印象呢。

順帶一提，把稱號當成精美禮物其實只是在開玩笑。沒過多久，晴前輩的化身就獲得了一副文藝風格的眼鏡配件。

閒話　惡夢

自從離開老家在外獨居後，我再也沒有和雙親對話過。

沒錯，無論是進入公司工作，又或者是當上VTuber之後，我都沒回過一次老家。

因為——我沒有家人。

在我出生的家裡，不存在所謂的家庭。

我是獨生女，沒有其他兄弟姊妹。養育我的這個家……和一般的家庭不太一樣。

聽說父親原本是個非常嚴厲的人，他的個性過於正經，甚至被說成死腦筋，是個古板的上班族。

……沒錯，「原本是」。

自從我懂事起，父親就明顯變得不像過去的他了。

他總是展露出焦慮的模樣，而且老是想著顧全自己。只要任何事有稍稍不如他的意，他便會大聲怒吼。他從不聆聽別人的話語，全身上下只剩下扭曲的頑固之心。這就是我所認識的父親。

我家雖然貧窮，但那似乎是因為父親會私占賺來的薪水並挪作花用。我們家的收入來源幾乎都仰仗著母親打工的薪水。

母親不曉得是不是已經厭倦與這樣的父親對話，總是會對我出言埋怨。但她從未採取離婚一類的動作，只是在暢所欲言一番後，展露出像是對一切死心的臉孔走回父親身旁。

老實說，對當時的我而言，我對家庭的環境並沒有任何的感想。當時的我甚至還沒念小學，以為這是非常正常的情況。

不過——我在成長到會獨立思考的年紀後，便感受到了強烈的古怪感。

為什麼那孩子會和爸爸說話？為什麼和那孩子說話的媽媽會露出那麼溫柔的笑容？為什麼大家都會害怕大吼聲？為什麼那孩子會和家人一起吃飯？為什麼大家都理所當然擁有的東西，我卻沒有呢？

隨著我愈想愈深，這樣的念頭也化為自卑感，束縛著我。我對所謂的家庭感到無比羨慕，在我眼裡成了求之若渴的存在。

在那之後，原本可以接受的事情都逐漸不再能接受了。我對父親的存在感到害怕至極，每次聽到母親的抱怨也會讓我想哭，於是一味逃避了起來。

在這樣的生活過上一段時間後——我們終於成了只是住在同一個屋簷下的陌生人。

我只會和母親進行最低限度，極為公務性的對話；父親從那天起就再也沒有和我對話過了。

父親和母親的關係變得惡化，家裡再也不會有人說話了。

偶爾仍會聽見父親的怒吼。諷刺的是，對我來說，這成了最能感受到家庭氛圍的瞬間。

然而，我並不憎恨這樣的父母。隨著自己逐漸成長為大人、隨著自己更熟悉這個社會，我更加明白其中的道理。父親肯定只是有某一處的齒輪無法好好嵌合，造成這樣的原因並不是父親，而是這無情的社會，以及——

「都是因為妳生了那傢伙，我才會過得這麼慘！」

生下我而產生的疲憊感。

父親總是這樣對母親怒吼——

儘管如此，為了將我養育成人，父親仍負擔著最低限度的費用。

我從那時便為此感激著父親，同時卻也感到難受。

父親無論何時，都只會以保全自身為第一優先。他似乎認為自己要是惹上了虐待孩子的嫌疑便會晚節不保，是以絕不會跨越那條紅線，只是給予我必要的物資後便保持距離。

然後——父母為了不在外頭遭人質疑家庭環境的異常，總會扮演成相親相愛的關係，讓人以為他們是一對模範父母。

那是某天發生的事。從學校回來的我，湊巧在家門口遇到了有少許交流的隔壁阿姨。我向她打了招呼後，此時的場景便疊加了更多的偶然——下班回來的父親和我們撞了個正著。

我雖然一時之間有些手足無措，但父親在問候過阿姨後，只是對我說了句：「進去家裡。」

當時的我雖然不明白為何會被這麼說，但在那之後，晚了一步進門的父親口裡傳來了微乎其微的「好險」獨白，很快便讓我明白了一切。

當時——父親提防我會將家庭的狀況暴露給阿姨知道，所以才會把我趕走。

父親一直把我視為一個敵人——

一直以來隱約明白的真相浮上台面後，我受到了無法自已的強烈衝擊。因此，我將私下收集到的——父親外遇的決定性證據扔到母親面前。父親的錢都是花在這個女人身上。

如今回想起來，當時的自己真是幼稚得讓我感到傻眼。妳明明就這麼想要家人，為什麼還要親手摧毀他們？

硬要找個藉口的話——肯定是我尋求著變化吧。

母親一開始表現得很開心。我還是頭一次被她誇得這麼厲害。

然而……母親最後還是扔掉了那些證據。

「為什麼？」我這麼詢問。「因為早就沒得挽回了。」母親只是這麼回答。

就連衝上心頭的怒火，都融入了我的眼淚散去。

儘管如此，我在恢復冷靜之後，依舊沒辦法憎恨我的父母。

說起來，我如果有那個心，要對外宣揚家裡的狀況肯定不困難。因為我只要找個人傾訴——

只要這麼做就可以了。父親雖然一直避免跨越名為暴力的紅線，但隨著時代的進步，世人也變得難以容許他的這番作為。對於厭惡時代變化，不肯讓自己適應的父親來說，他肯定沒算計到這一點吧。

但我並沒有付諸實行的打算。因為一旦這麼做，我肯定這輩子都沒辦法擁有家人了。

隨著社群網站的普及，我只要稍加調查，就能明白這社會悲哀的一面——過得比我更為不幸的人們要多少有多少。我不是特別的——每當情緒即將失控之際，我總是會這麼告誡自己，好讓腦袋能冷靜下來。

而高中畢業的我也找到了就業的職場。在稍微變得成熟後，我萌生了與迄今不同的念頭。

如果想要獲得家人，我依然需要讓環境產生變化，但該做的不是像以前那樣扔出外遇的證據責備父親，而是得從自己開始改變——當時的我是這樣想的。

現在回想起來，自己小時候的言行果然還是過於幼稚。我不該怨嘆自己出生的環境，而是該從自身做起。沒錯，就從自己開始改變吧。

……也或許，我是因為自己實在不像個悲劇女主角，才會為此自慚形穢吧。

我做了離開老家的決定。這並非出於消極的念頭，而是積極的思維。

對父母來說，我肯定是個沉重的負擔。

那麼，只要我和他們分開一段時間，並成為優秀的社會人士，雙親的想法應該也會有所改變。我是對自己的決定抱持著展望的。

而實際上來說，這樣的行動確實有效。隨著我的消失，雙親的精神總算不再那麼緊繃。兩人緩緩地——步調極為緩慢地消弭著彼此的芥蒂。

兩人似乎曾一同開車外出購物的樣子。

——不過，我得知這件事的當下，便是收到雙親因為交通意外身亡的消息就是了。

啊，要是神明真的存在，那祂究竟要賜給我多少考驗才甘心？

我雖然也像這樣舔著自己的傷口，但在那之後，我便明白自己根本是個沒資格如此埋怨的卑賤之人。

得知兩人的死訊後，很快就舉辦了他們的葬禮。我當時也出席了。

然後——自始至終，我都不曾在葬儀上感受到些許的悲傷之情。

不僅沒有流淚，雙眼甚至是乾澀的。由於氣氛凝重，加上要維持著同樣的姿勢，我甚至希望葬儀能快點結束。讓我唯一感到遺憾的，便是自己這輩子再也沒辦法獲得家人。

而我也終於在這時察覺到自己是怎樣的一個人。

啊——

我雖然成天喊著想要真正的家人——

但這都只是自己的一廂情願——

我從未將自己的父母視為家人啊——

我感覺到，自己缺乏著身為一個人類所必備的某種元素。

自卑感也變得比以往強烈。

所以儘管再怎麼克制自己，我依舊會情不自禁。

一旦看到幸福的家庭，我就會感到羨慕……且嫉妒。

我想要家人。而這樣的心態已然扭曲，只要能感受到愛情，我甚至會為相處產生的痛楚感到羨慕。但我說什麼就是不想當個陌生人。我不要不要不要不要不要——

「啊？」

我滿身大汗地睜開眼睛，呼吸顯得急促。

……我似乎作了一場惡夢。

「是閒聊直播時犯了失誤的關係吧。」

最近以V的身分過上充實的生活後，作這種惡夢的頻率也降低了不少。但上次的那起失誤，似乎將埋藏在心底的心靈創傷又挖了出來，而且超乎想像地深入。

「哈哈哈，畢竟都嚴重到變成夢魘了嘛。」

這窩囊的現況讓我不禁自嘲了起來。

「……嗚噁，昨天雖然沒喝酒卻好想吐……然而今天明明是得去Live-ON公司露臉的日子呀……」

由於有小瑪娜的邀約，我在清醒的期間總是充滿著幹勁，甚至可以說是活力十足。但夢境這種出乎意料的攻擊著實對我的精神造成了傷害。

唉，老是對過去的事回顧再三，我真的是個笨蛋呢。笨蛋笨蛋笨蛋笨蛋！

「——我明明就很清楚自己是個笨蛋呢……」

到頭來，我這天一直到最後一刻，才勉強從床上爬了起來。

第三章

渾身發抖

在從那場惡夢中醒來後，老實說，我很不想在當日外出。但因為有約在先，我還是踏上了前往Live-ON公司的路途。

只要再走上十分鐘就能抵達了。然而，我的步伐明顯顯得虛浮，就連十公尺遠的前方都好似遙不可及——我的腳步就是這麼沉重而緩慢。

「在出門之前，我都還以為自己沒事呢……呼……呼……」

看來我受到的精神創傷比想像中還嚴重。待在家裡的時候還好，但來到外面走動非但沒有好轉，噁心的感覺甚至還變嚴重了。

我原本樂觀地以為曬點陽光吹點風就能有所改善，但我的事前評估顯然出了大錯。

「真的搞砸了呢……」

老實說，今天之所以要去公司一趟，也只是要為數量略多的精品簽名而已。

若只是這樣的工作，我其實可以讓公司把精品寄到我家處理。但我在做這一行後，就很少會有外出的機會，容易整天窩在家裡。在歷經前陣子的閒聊直播後，我也更加重視健康，是以在收到消息時，我便向經紀人表示會親自去公司一趟。

結果就是得拖著這身疲憊的身軀上路。若能及早察覺，或許還來得及改請公司寄送精品，或是擇日再次造訪吧。

腦袋果然沒辦法好好運作呀……我真笨……

「嗚嗚嗚……好想吐……感覺這條路比平時還長……」

我輕聲嘟囔著，勉強睜著試圖闔上的眼皮，只是一個勁兒地前行。

在閃躲路上的行人時，挪動身子的搖晃也讓我感到難受……

雖然想找個地方休息，但我是在家裡待到最後一刻才出門的，所以這樣做的話就會遲到了……

……不行，我快撐不住了，再這樣下去會直接當街嘔吐的。還是向公司聯絡一下，然後找個地方休息吧。

就在做出決定的瞬間——我的注意力肯定是渙散了。

「嗚？」

我絆到了地面的小小突起，整個人向前一倒。

「——奇怪？」

這一跤會摔得很誇張，我的身體理當會撞上堅硬的地面——但出乎我預期的是，身體感受到的並不是地面，而是被恰恰相反的柔軟觸感托住了。

「這位姊姊，妳沒事吧？」

「啊、對、對不起！」

「妳的臉孔很蒼白耶？是不舒服嗎？」

「啊……其實我有點想吐……」

「這樣啊。我看了實在有些擔心，正想詢問妳是否需要幫助呢。還好來得及扶住妳呢。」

看來有人正在攙扶我的身體。一道沉穩的女性嗓音從上方傳了過來。也就是說，這柔軟的觸感是……咪咪？

我連忙抬起臉龐，正打算再次道歉——但在看到托住我的女性長相後，我這下連腦子裡都變得一片鐵青。

她有著一頭亮眼的金色長髮，還在上頭做了各種顏色的挑染。

女子的耳朵閃耀著五花八門的耳環，讓我都要擔心這會不會扎痛她了，至於臉上則是畫了過濃的妝，受到強調的五官甚至展露出懾人的魄力。

最後則是比我更高的個頭。她穿著畫有手槍和骸骨的T恤，至於深灰色的牛仔褲則是坑坑洞洞，就像是在ＲＰＧ裡受到了五成ＨＰ的傷害似的。

不妙啊——

「——還有，我好像快尿出來了。」

「這位姊姊，妳好像會迸出各種不同的體液呢。」

遇上了氣勢逼人的太妹啦……

我的聲音在發抖。這名女子肯定是在與我的價值觀截然不同的世界裡生活的吧。

「也罷。既然如此，就稍微休息一下吧，妳再走下去會很危險的。」

「您、您要把我帶進暗巷嗎？」

「妳在說什麼啊？我想想，就去那邊的咖啡廳吧。」

「好滴……」

到頭來，恐懼不已的我什麼話都說不出來，就這麼在對方的攙扶下。一同走進了隔壁的咖啡廳。

「沒事吧？冷靜下來了嗎？」

「是、是的。」

「嗯。」

「真、真的很……謝謝您。」

「不用道謝啦。」

在咖啡廳裡，我和出手相助的太妹小姐隔桌而坐，喝著冰涼的飲料恢復體力。

老實說，在剛進咖啡廳的時候，我也想過以上廁所為由逃之夭夭，但照正常的思維來說，她可是在我險些摔倒的時候出手幫忙的恩人，這樣做實在是太失禮了。

只不過……讓我說句真心話吧！我實在是怕到不行！

就連嘔吐感都被恐懼感一掃而空嘍！我明明喝著冷飲，卻覺得吞進喉嚨的是溫熱的東西……

如果是打扮時尚的女生，我因為和小光熟稔，還不會覺得陌生；但這位女子和陽角截然不同，完全是超凡中的超凡的路線。

在我的人生之中，迄今都沒和這種類型的人士有過任何的交集，是以完全不知所措。而且，我也搞不懂這位正靜靜地啜飲咖啡的她會怎麼開口，讓我深感不安。

「啊……呃……這些錢就交給我來付吧？」

「是嗎？這點小事沒必要啦。」

「對不起！這樣做遠遠還不夠對吧！我會把錢包全部給您，還請您放我一馬吧？」

「咦？怎麼回事？這是新的詐騙手法嗎？」

「我只是希望能讓諭吉代我償還那份不足的感恩之情罷了。」
「妳這兜圈子的說法還真特別，不過我是真的不需要錢啦。」
「那、那是要我用身體償還的意思嗎？我還是處女所以請您碰碰我的膜就放我一馬吧！」
「……」
「難道您打算伸舌頭嗎？」
「嗚哇，還真是撿了個腦子很特別的姊姊呢……如果是箱裡也就算了，想不到現實中也有這種人……我該不會是被詛咒了吧？」
女子低聲嘟囔了些什麼，並皺起了眉頭。好可怕……我都怕到渾身發抖了……
「啊！」
「嗯？怎麼了？」
「說、說起來，我其實是在辦公的路上……得和公司回報一下遲到的事。」
「這樣啊，那就快去聯絡吧。」
「真、真不好意思……」
我慌張地離席，打了通電話給鈴木小姐。
在通話後，鈴木小姐表示時間還相當充裕，就算晚些抵達也無妨，甚至還擔心起我的身體。
嗚嗚嗚……今天真是受到了許多人的幫助呢。

……沒錯，那位太妹小姐雖然外貌嚇人，但真的幫了我很大的忙。

我在走回座位的同時回想著事發至今的始末。

……奇怪？我好像只是基於外觀上的刻板印象才會感到害怕，這個人其實似乎是個溫柔的大好人耶？

「啊，呃，我回來了。」

「嗯。沒事嗎？有沒有挨罵？」

「沒有，對方還擔心我的狀況呢。」

「這樣啊。」

雖然語氣聽起來有些冷淡，但她剛才是在擔心我有沒有挨罵對吧？

「那個，請問外面有什麼事嗎？」

我在走回座位的途中，發現太妹小姐一直透過店內的窗戶看向室外。

我對她的好奇心逐漸勝過了恐懼感，於是便鼓起勇氣發問了。

「嗯，喏，我正在看在那裡走動的狗。」

「……哦。」

我循著視線看去，確實看到了一隻在飼主前方走動的大型犬。

「那是……哪種狗呀？看起來腿很長，而且身材又很纖細……啊！是蘇俄牧羊犬對吧！」

「不，那是薩路基獵犬喔。牠的毛比較短，而且體型比蘇俄牧羊犬更小一些。」

「這、這樣呀——」

她知道得真清楚啊……能立刻說出「薩路基獵犬」的人應該很少見吧？

「您喜歡動物嗎？」

「嗯，喜歡。」

太妹小姐回答得很快。好意外啊……

呵呵，總覺得……是個有趣的人呢。

「啊，妳笑了。」

「欸？」

「妳剛才不是笑了嗎？在這之前，妳一直顫抖著身軀，看起來很害怕的樣子啊。」

「啊……」

的確，我已經不那麼害怕太妹小姐了。現在說不定能正常地聊天呢。

「不好意思，那個～……我這輩子還是頭一次和打扮成太妹風格的人說話……」

「嗯？太妹？是指我嗎？」

「咦？我搞錯了嗎？我看您的打扮，想說應該是走那樣的路線呀……」

「不，我只是喜歡金屬樂團，並不覺得自己走的是太妹路線啊。」

「咦？」

原、原來如此！

的確，仔細一看，在這個時代，應該已經不會有這種濃妝豔抹的太妹才對。但我對金屬樂團一無所知，所以才沒想到這方面……

「哎，或許也有人會害怕金屬系的打扮吧，但我至少不會把妳給吃了，所以儘管放心吧。」

「原來是這樣呀……對不起，我自顧自地害怕了起來……」

我完全誤會了……真是對她感到抱歉，而且好丟臉……

「山口飛鳥。」

「欸？」

「我的名字。我還沒做過自我介紹，所以會搞錯也是沒辦法的事。」

這是……在幫我找台階下嗎？

咦？這位小姐好帥又好溫柔，好想和她結婚喔。

啊？不、不行不行！這裡是在Live-ON之外的世界，我要是想到什麼就說什麼，肯定會被當成危險分子的！

總之，我也得自報名號才行！

「我是田中雪。請讓我再次向您道謝，謝謝您剛才幫了我。」

「嗯，不用客氣。」

在這之後，我們又稍微聊了一點彼此的事。看來她似乎比我稍微年長一些。

在明白她是個大好人之後，我也逐漸放下了緊張感。而隨之湧現的，則是更為強烈的好奇心——這讓我試著問起了各式各樣的問題。

「呃——您並不是在玩金屬樂團的人對吧？」

「嗯。我只是愛聽而已。今天也是因為喜歡的樂團要開演唱會，我才會千里迢迢地來到這裡。還有就是順便辦點公事。」

她沒有露出絲毫的厭惡之情，大大方方地回答著我的問題。雖然語氣冷淡，但這肯定是飛鳥小姐的聊天風格吧。

「方便詢問您的職業嗎？」

看到她打扮得這麼有特色，讓我不禁好奇起她從事的工作。

若不是把這種誇張的穿著當成制服的職場，想必不會被公司接受吧。

「啊——……嗯……這個嘛，該怎麼說呢……」

「啊，如果您不方便說也無妨。不如說，我們才剛認識就問這種問題，真是不好意思。」

看到飛鳥小姐露出困窘的反應，我連忙致歉，但飛鳥小姐卻出言否定道：

「與其說不方便講，不如說是很難說明……算是和聲音有關的行業吧？」

「咦，您是配音員嗎？」

「不，有點不太像呢……我通常是一個人工作，不過有時候會和其他同事合作，都是做些會讓客人開心的內容……」

「哦——！真是了不起的工作呢！飛鳥小姐的同事們都給人和您一樣的感覺嗎？」

「不，她們的腦子都有問題。」

「咦？」

「若是用樂團來比喻，那些人全都是吉他手，而且都是些成天在搞單人獨奏的瘋子。不僅如此，她們彈得愈是瘋癲，就愈會受到觀眾的褒揚呢。」

「還真是相當驚人的職場呢……」

飛鳥小姐像是要向我吐苦水似的，更加深入地說起了職場話題：

「在這些同事之中，我唯獨不能原諒其中一名前輩。」

「那、那是什麼樣的前輩呢？」

「她對我下了毒。」

「下、下毒？」

「當然，我說的不是真正的毒藥。只不過那個前輩有著向身旁的人下毒的能力。她能摧毀對方的思考能力，暴露出對方的本性，是一種可怕的病毒呢。」

「好可怕的人呀……您也受到影響了嗎？」

「當然了。待我回神過來後，我才發現自己正在用牙齒彈奏著吉他。從那天起，客人們也開始把我看成一名變態吉他手了。」

「好過分……這麼做實在太不人道了……」

「不僅如此，那名前輩似乎對自己的下毒能力一無所知。所以她像是在炫耀似的四處散播，如今職場的所有同事都中招了。就算是原本比較正經的同事，也都步上了我的後塵，至於原本就不太妙的人更是每況愈下。」

「個性也太糟了吧？我要是遇上那個人，肯定會朝著對方的臉揍上一拳的！」

「真是讓人頭痛的前輩呢。」

「是呀！居然欺負飛鳥小姐這種好人，那位前輩肯定是個十惡不赦的傢伙吧！我無法原諒那個人！應該立刻把那個前輩打入大牢才對！」

「不，呃——她其實人不壞啦。」

「什麼？」

飛鳥小姐突然出言袒護了那名前輩。

就飛鳥小姐的陳述來看，那名前輩根本一點也不值得袒護，就只是個會走動的生化武器吧？

「該怎麼說，她有一種勾人心魄的魅力呢。她同時有著純真和坦率的特質，也有許多人受到了那名前輩的幫助。大家都很喜歡她，我雖然也為那個人的行事作風感到頭疼，但仍然很尊敬她。」

「……您該不會是中毒太深了吧？」

「哈哈哈，說不定喔。不過，那位前輩總是能不加修飾地和那些獨樹一格的吉他手們和前輩、後輩與同期打成一片呢。我的職場雖然都是些個性獨到的人們，卻不可思議地有著團結一致的氛圍呢。那種難以言喻的舒適感，或許就是那名前輩一手打造的吧。」

說完，飛鳥小姐有些害臊地補了一句：「但她是個闖禍精就是了。」

唔嗯……光就她的說法來看，似乎是個怪人呢。這世上也存在著如此神奇的人物呀。

……但感覺是個置身於Live-ON也不稀奇的人就是了。

「我的工作大概就是這樣了。那姊姊妳呢？」

「呃？我嗎？」

「嗯。妳是做什麼工作的？妳剛才也說過，自己是在前往公司的路上吧？」

「啊、啊——！也是呢！那個，我是～……」

……當然，要是坦白自己是VTbuer，可就太不妙了。

只不過飛鳥小姐剛才都說了那麼多，只有我閉口不言的話，未免太過意不去了……

嗯，那就像飛鳥小姐那樣，用些巧妙的借代法熬過這一關吧！

呃……那我該用什麼來借代自己身為V的工作呢？嗯——……

「啊——……我、我是在做類似……偶像的工作吧～」

——糟糕——我往自己臉上貼太多金了。

「咦？雪小姐是偶像嗎？真假？我這樣說可能有些失禮，但這還真是出乎意料耶，畢竟妳今天的打扮也很內斂呢。啊，這是所謂的喬裝出遊對吧！只要刻意打扮得樸素，就不會被人認出來了！」

「啊、啊哈哈哈——……」

飛鳥小姐相信了我講的話，情緒登時亢奮了起來。

不管怎麼看，這完全都是超級加料版的職業詐欺。如果Live-ON能被稱作偶像，那肯定會是夢見璃〇夢妹妹（註：出自手機遊戲「偶像大師　灰姑娘女孩」，走愛好煽動粉絲的網路偶像風格）以超王道清純派偶像出道的世界線。因為我們是ＹＢＩ（糟糕仔）11啊。這就是高低差高達兩百公尺的坂（註：偶像團體「坂道系列」的簡稱。如乃木坂46等）11。

啊～這下該怎麼辦啦～？既然都講出口了，就只能拚命圓下去了吧？

「妳用什麼藝名？告訴我嘛！」

「啊，呃——我是不露臉活動的，所以講了可能有曝光的疑慮……」

嗯，我沒說謊。

「啊，是這樣啊？也是啦，最近也有一些偶像是不露臉活動的，像是前陣子的C*ariS那樣？是那種營造世界觀以展露魅力的偶像對吧？」

「是、是呀！就是這種感覺！」

營造世界觀（笑點）。

「糟啦——在一無所知的狀況下撿了個厲害的人呢。咦，妳是組團活動的嗎？很有名嗎？」

「是呀，我是組團活動的。至於有不有名……是那種在小圈子裡很受歡迎的感覺吧？」

「也就是說，妳是地下偶像嘍？」

「嗚！對對！就是這種感覺！」

應該說，硬要用地下偶像來借代我們的話，我們應該位於更深層之處，是所謂的地層甚或是地心偶像才對。

「妳們會在粉絲面前唱歌跳舞對吧！」

「……是的。」

我沒說謊。有沒有在跳舞是有點難講，但我會開歌唱直播台，晴前輩也曾租借場地舉辦演唱會，我當時也參加了。

不過……看著飛鳥小姐照單全收的模樣，我的內心也逐漸痛了起來……

「還有呢、還有呢？」

「還有？」

「偶像的工作內容不僅僅是唱歌跳舞而已吧？妳還會做哪些工作呢？」

咦……

「我會在粉絲們面前……在演唱會上……喝、喝酒之類的？」

「會喝酒嗎？偶像？還是在演唱會上？」

搞砸了啊啊啊啊啊啊啊——！

我為什麼要在罪惡感的驅使下說些離現實不遠的內容啊？得、得想辦法蒙混過關才行！

「當當當然不只這樣而已喔？我還會那個、呃、啊……演小劇場之類的！」

「偶像……演小劇場？」

這下糟啦。隨著腦海裡浮現出「性騷擾」、「嘔吐」和「調教」等字詞，我盡可能地挑了還算正經的工作內容出來講，結果依舊理所當然地被懷疑是不是偶像了。

「啊，還會玩電動喔！」

「哦，這就很有現代偶像的感覺了呢。妳會玩什麼遊戲？」

「呃——……恐怖遊戲之類的？」

「我討厭恐怖遊戲。」

「欸？」

說著，飛鳥小姐嘶起了嘴，撇開臉頰。

真是超級出乎我意料之外，她明明就長得一副嗜血如命的樣子啊。

「哎，我的事就先別管了。話又說回來，明明不露臉，卻又在粉絲面前喝酒或是演短劇……還真是奇特的偶像耶。」

「啊哈、啊哈哈哈，說、說不定真是如此呢。」

「雖然和我想像中的偶像活動不太一樣，但這確實是個多樣性的時代嘛。喜歡喝酒的偶像感覺滿新奇的，挺有意思，還能接到酒類相關的工作呢。能演小劇場的偶像也能兼任綜藝路線，我覺得很了不起喔。」

「謝、謝謝您的讚美……」

糟糕，我明明講了一堆雞飛狗跳的內容，但這個人居然徹底給予肯定，完全就是位聖人啊。人類真的是不能以貌取人呢，像這位就是金屬系的瑪莉亞大人呀。

「該怎麼說，感覺彼此都有本難念的經呢。」

「也是呢……啊哈哈……」

雖然彼此在對話上有些摸不著頭緒的地方，但在聊到告一段落之際，飛鳥小姐便將咖啡一口氣喝光，從座位上起身。

「好，差不多該走了。妳的氣色看起來好很多了。」

「啊。」

對喔，我原本差點就要摔倒了，是為了休息才進咖啡廳的。

……難道說，飛鳥小姐在聊天的過程中一直擔心著我的身體狀況？

「沒事嗎？能站嗎？」

「是的，我已經沒事了。」

聽到我的回應，飛鳥小姐「嗯」地點了點頭，卻仍若無其事地站到我的身旁。我明白她是為了能在我有狀況時迅速伸手攙扶。

真是遇到了很棒的人呢。惡夢啊，你活該，你的攪局讓我有了一場很棒的邂逅喔——

「妳看起來沒事了，太好了。那麼走吧。」

「好的。謝謝您的協助。」

「嗯。」

她看起來不太在意，只是點了點頭。我就這樣在這位帥氣的大好人的陪同下，踩著穩健的步伐離開了店舖。

「那麼，再見了。」

「嗯，路上小心。」

離開店舖後，我再次向飛鳥小姐低頭致意。

一想到這樣就要分離，就讓我有點不捨，但我真的得去工作了。

「「奇怪？」」

儘管我懷著這樣的心情邁步，卻和飛鳥小姐前行的方向重疊在一起。

「飛鳥小姐也有事要往這邊走嗎？」

「嗯……我接下來也有點工作。」

「這樣呀……」

不過，這也算不上多麼神奇的事。由於拉開距離也有點奇怪，我們便並肩前行。

不過……這有點不妙呢。能和這個大好人多相處一會兒固然讓我很高興，但公司已經離這裡不遠了……

以理應小心戒備，避免曝光身分的層面來看，若是和她一同接近建築物的話，那可就不太妙了。

在我看來，就算真的被她得知了我的身分，她應當也會為我保密，但我若是主動大肆宣揚，又有違我身為Live-ON虛擬直播主的活動方針。

……好吧。

「不露臉……喝酒……演短劇……雖然感覺不像偶像但聲音似乎又……不不，哪會有那種可能啦？」

「那個，我要往這邊走了！」

「欸？啊，是這樣啊。嗯，那就拜拜啦。」

「是！」

我向不知為何低聲自言自語的飛鳥小姐搭話一聲，刻意繞了遠路。

我的目的地當然沒變，只是就我看來，稍稍繞點路以擺脫現在的狀況才是最佳解方。

在和飛鳥小姐告別後，我獨自走著。呃——只要從這邊拐彎，再往前拐彎，最後再拐個一次彎就能抵達公司了。

呵呵呵，真是完美的作戰，這就是V的榜樣啊。

「好咧，抵達啦。那就努力工作吧！」

我為自己加油打氣，踏進了公司。

然後來到Live-ON的公司櫃台。只不過——

「奇怪？」

「咦？」

不知為何，剛剛已經和我分開的飛鳥小姐來到了這裡，先一步在櫃台受到接待了。

一頭霧水的我偏了偏頭，發出了傻呼呼的喊聲，飛鳥小姐則是聞聲看來，身體隨之僵住。

？？？

彷彿只有我倆之間的時間被世界切離了出來。就在這時，接待飛鳥小姐的櫃台小姐察覺到我的到來……

「啊！淡雪小姐！您好您好，歡迎光臨！我都聽說嘍，您的身體是否……呃，奇怪？」

她在向我打過招呼後，將視線投向飛鳥小姐這麼說道：

「難道說，您剛才是和愛萊小姐在一起嗎？」

聽到這句話，我露出了訝異的表情看向飛鳥小姐——而飛鳥小姐則是以小愛萊的身分頹坐在地。

「我早該在妳快吐的時候就察覺到的……」

「別用嘔吐聯想到我啦。」

我看著一蹶不振的她，總算明白了事情的真相。

在公司的一間房裡，可以看見滿臉堆笑的我，以及被我用手指戳臉頰的飛鳥小姐——亦即小愛萊的身影。

「欸欸，小愛萊？妳說誰下毒了來著？不能原諒誰來著？妳尊敬的人又是誰來著——？欸欸欸欸？」

「嗚哇，好煩喔。您不妨揍一下自己的臉吧？」

稍作打聽後，我才知道小愛萊接到了和我完全一樣的工作，而且也約在差不多的時間進行。

然而，身為Live-ON成員的我們卻在那時發揮了本領。一般來說，我們理當會在公司裡碰面，但在種種奇蹟的交疊下，我們變成在路上相遇，還上演了一齣糊裡糊塗的聊天戲碼，最後則在公司裡揭露謎底，可謂走了一整套流程。

明白她其實就是小愛萊之後，她在咖啡廳裡提到的前輩就只會是我了。小愛萊似乎懷抱著罪惡感，無論我對她做些什麼，她都不會出手抵抗，只是會瞪著我或是抱怨幾句而已，真是好玩。

真讚……讓個性強悍的女人不甘心地屈服的感覺真讚……我一開始只是抱著玩玩的心態，但好像會上癮呢……

「話說回來，淡雪前輩，您覺得自己是一名偶像嗎？」

「妳要是敢再說下去，我就會直接親上去一輩子不分離了。」
「我的心臟突然漏了一拍，還以為心跳要停了。」
「妳的心臟為何漏了一拍？」
「我是因為害怕。」
「我是因為被妳狠瞪。」
「我沒問您。」
話又說回來，原來她真的就是愛萊呀。
現在回想起來，從喜歡動物和金屬系，以及討厭恐怖遊戲等資訊來看，能推理出她是小愛萊的線索可是多如山高。
不過，我沒料到會在戶外相遇，所以才沒注意到這個部分。況且說起來，就算知道眼前的這名女子就是小愛萊……我依舊會忍不住打個大大的問號。
「……小愛萊，妳本人的形象也差太多了吧。喏，就算身為組長，妳的外表和講話的口吻都還是給人沉穩的印象呀。」
「我也是這麼覺得的……但我就是想當個喜歡動物的沉穩女性呀。還有，我不是組長。」
「原來如此，妳是想在虛擬的世界裡實現自己憧憬的形象對吧？」
「差不多就是這樣呢。我本來就喜歡金屬系，也覺得和自己的形象合拍，所以在現實裡走的是那樣的路線。但要是能有另一個自己，就希望能成為一個很有女人味的女性呢。小時候在寫將來夢想的時候，我每次都會寫『當動物園的園長』喔。」

嗄？糟糕，這是什麼萌到不行的傢伙。特色也太多了吧？根本一個人就能演五等分〇新娘啊。

呃——如果要從小愛萊本身的特色挑五個出來，大概就是動物園園長、金屬系、天然呆、帥哥作風和害怕恐怖元素。

還可以加上黑漆漆的組長、糟糕草、刀子、鏈鋸和恐怖元素，感覺是很會把人體分成五等分的新娘呢。

……奇怪？

「小愛萊，妳曾經有拿鏈鋸出來揮過對吧？」

「才沒有咧。為什麼您的問法像是我真的用過似的？是說都是因為前輩，如今愛萊都混進了我本人的要素，讓角色形象變得亂七八糟了耶？請您反省一下。」

「但我覺得那都是小愛萊自己說的呀……」

看來是沒在用鏈鋸。不過加入噴子之類的應該就行了吧。

「您是不是在想一些很沒禮貌的事？」

「妳在說什麼？」

「因為您在問完剛才的問題後，臉就變得和安妮亞一樣奇怪呢。」

「別稱讚我啦。」

「抱歉，那樣的形容確實是太可愛了呢。是像澀井丸拓男（註：漫畫《死亡筆記本》的前期角色）一樣的臉孔。」

「我其實還滿喜歡澀拓的，但那張臉實在是不行呢……」

嗯，不過聊著聊著，我也逐漸在她身上感受到和小愛萊相符的部分。果然在吐槽等時候所選用的詞彙都是一樣的呢。

「我搞懂了，妳和小恰咪雖然組成了雙人組，但彼此的狀況可說是完全相反呢。如果妳們交換化身，兩人的內在形象就會變得和外表極為契合了。」

「您為什麼要擅自把我和別人組成團體呀？是說，淡雪前輩和恰咪前輩是同期對吧？請您制止她啦。」

「咦？她該不會還是每天都傳一大堆訊息給妳吧？」

「不，她是沒再傳訊息了沒錯，但取而代之的是，她幾乎每天都會做動物系的Cosplay，然後把自拍照傳給我看呀！」

「那不是很可愛嗎？」

「可愛是可愛，但我看了同時會感受到一股強烈的虛無感呢。為什麼她會是這樣的人呀？」

「我想是因為小愛萊太帥氣的錯吧。」
「和我沒關係吧。」
老實說，就連我都差點求婚了，因此我也不是不明白小恰咪的心情。
而在我們聊了一陣子後，房門被人打開，工作人員隨即將要給我們簽名的精品搬了進來。
好啦，接下來就是工作時間了。
我倆努力地在精品上簽名。
而在結束工作離開之際，鈴木小姐對我說道：
「瑪娜小姐的畢業直播，已經決定好出場順序嘍！」
沒錯，由於每次思考都會心浮氣躁，我一直不去在意這件事，但那一天終於來到了近在咫尺的距離——

心愛的瘋狂家人

這一天終於到了——今天是星乃瑪娜畢業的日子。
畢業直播已經開始了。依照流程，我會在需要上場的時候收到通話，是以目前正待在家裡看著直播，等待著出場時機。

然而……我卻完全無法集中精神。緊張和不安等情緒讓我的頭腦完全失去功能。老實說，畢業直播的對話內容完全沒聽進我的耳裡。

我雖然也為她的畢業感到難過，但一想到自己即將在這場直播登台亮相，就讓我被一股人生迄今從未感受過的情緒吞沒。若是硬要找個相似的心境，大概就是升學考放榜的當天早上吧。總之，我就是靜不下心。

「嗯，也是呢。好懷念啊，我們初次合作的時候，還抓不準彼此的相處距離呢——」

如今已經來到了我預計會上場的「最後想見的人」的節目環節。而我則是下一個出場的。目前正和小瑪娜對話的，也是V界的超級傳說級人物。由於兩人交情甚篤，她們在回首過去的同時，也接連道出了感人肺腑的話語。

觀眾們並不曉得這場企畫的來賓名單。換句話說，我完全可以預期自己會被大家視為出乎意料的來賓。

而我和小瑪娜當然是初次見面，所以也沒有能夠回顧的話題。而我也不曉得她邀我的理由，以及想和我對談的問題。我到底該用什麼樣的身分出場才好……

「嗯，謝謝妳！那麼……拜拜！」

糟、糟糕了，看來前一位來賓的時間要結束了！

馬上要輪到我了，應該不會是我搞錯，其實下一棒另有其人吧？

「那就請下一位做準備啦！呵呵呵～和剛才那位一樣，這次肯定是大家沒想到的來賓喔！」

：超級扣人心弦的……

：我的淚腺要爆了……

：喔！

：感覺是個大人物。

：驚喜嘉賓！

啊，是在說我呢。要上場啦！冷靜、冷靜……她只說過希望我能在開場時做個自我介紹，得小心別咬到舌頭呢！

——來電鈴聲響了！

「那就有請這位登場！請進！」

「——各位晚安。瑪娜小姐，誠摯感謝您今天邀我上如此重大的舞台。我是Live-ON的三期生，心音淡雪。」

很、很好！總之過了自介這關了！呼……呼……

：？

：咦咦咦咦咦咦？

：糟啦！是Live-ON？

：咦？真假？是本人？真的很不妙的傢伙來了？

：小瑪娜快逃！

：為什麼？為什麼是Live-ON？

：我真的把嘴裡的飲料噴出來了。

：太超乎預期了……難道是來阻止她畢業的嗎？

：小淡雪終於要踏入箱外的世界了嗎？

：寵物逃跑啦！飼主（公司）搞屁啊！

：草草草草草。

：聊天室與其說是興奮不如說是在慘叫笑死。

：真不愧是Live-ON，是V界的終點亦是底層。

：別、別說是底層！她們還是很有人氣的！

：是原點亦是頂點ＶＳ是終點亦是底層。

：雖然反應是有點誇張了，但確實是這種感覺呢……剛才那感動的氛圍到哪去了……

：感覺像是動畫最後一集的標題似的……

我、我看了聊天室之後不禁整個人動搖了起來。我也是頭一次知道Live-ON在箱外的形象居然好懂成這樣……

「好的！如此這般，我今天可是請到了Live-ON的小淡雪啦！FOOOOO！傳說級VTuber終於蒞臨啦——！」

「不、不不，我哪裡配得上傳說的名號呢！不如說小瑪——瑪、瑪娜小姐才是真正的傳說人物——」

「啊——！妳剛才是想喊我『小瑪娜』對吧！快喊快喊！」

「咦咦咦？這樣好嗎？」

「嗯！快點快點！」

「小、小瑪娜……」

：這樣的發展是怎麼回事……

：小瑪娜，妳挑的這位與其說是畢業生，不如說是已經從人類畢業的傢伙喔。

：小瑪娜的情緒一飛沖天。

：奇、奇怪？小瑪娜居然適應得挺好的？

：完全是超超超展開。

難、難以置信……我真的和小瑪娜在說話！

況且也不知為何，在我登場之後，小瑪娜的情緒明顯地高漲了起來？這可是畢業直播耶？剛才的感人氛圍都到哪去了？

我也和聊天室的觀眾們，陷入了更嚴重的混亂……

「奇怪？妳今天沒喝○強零嗎？」

「我、我沒喝！但我現在正在體內生產！」

「喔喔喔喔！這種莫名其妙的感覺超級Live-ON的！我好感動——！不過，妳不用這麼緊張喔。喏，畢竟是我邀妳來的，妳就放輕鬆吧。」

「好、好的……不好意思。」

我雖然有一瞬間連自己在說什麼都搞不懂了，但幸好小瑪娜的語氣溫柔依舊，讓我稍微冷靜了下來。

很好，我畢竟也是抱持著背負Live-ON招牌的覺悟出場的，要是不表現得更有自信，對其他夥伴就未免太失禮了。

在確認我恢復冷靜後，小瑪娜終於說起了邀我來到這個節目的理由：

「明明是初次見面，卻偏偏挑在畢業直播這樣的場合，真的很對不起噢。我一直很想和妳見面，也一直很推崇妳，但公司這邊卻很死腦筋呢——到頭來，還是一直到了這最後的一場直播，他們才願意通過我任性的要求，用這種形式和妳見面呢。」

「您一直很想見我？真的嗎？」

「對對對！我是妳的鐵粉喔！說得精確些，我推崇整箱Live-ON喔！每天都有看！」

「小、小瑪娜的形象要毀了……」

「㖿㖿！居然連小淡雪都和公司的人講了一樣的話！」

隨著難以置信的事實遭到揭露，我的雙眼也縮得像豆子一樣。您就算擺出那麼不滿的表情，我也是真的無法想像呀……

：wwwwww

：壞消息，星乃瑪娜要在畢業直播亂來了。

：光是當個粉絲就被當成鬧事仔，這就是Live-ON。

：我是第一次看所以不太清楚，這位小淡雪有那麼厲害嗎？

：啊……嗯，很厲害喔……就各種層面來說……

：不能丟上搜索引擎的VTuber。

「咦——為什麼——？Live-ON很有趣不是嗎？小淡雪？」

「是、是這樣沒錯，我們確實有著受到小眾支持的一面呢。」

「我是小瑪娜的啦——！」

「啊、啊……」

看著小瑪娜依舊情緒高昂地模仿著我的語氣，我整個人慌得不知該如何是好。

「……您為什麼會願意推崇我呢？」

最後從嘴裡擠出來的，是我發自內心的疑問。

「嗯——這個嘛，其實是和我的活動方針有關喔。喏，我雖然經常和其他人進行合作，在公司裡卻僅只是以一介V的身分獨自活動著嘛。」

這樣啊。我記得小瑪娜所隸屬的公司並沒有打算擴張旗下的V，而是維持將資源全數傾注在小瑪娜身上的方針。

「所以說，我一直很憧憬箱——或者該說是能組成團體的人們喔。我們家的工作人員是真的把我照顧得無微不至，所以我也沒什麼怨言，但這大概就是外國的月亮比較圓吧？我很羨慕妳們的活動環境喔。」

「原來是這樣呀。」

「嗯。所以說，今天之所以會把小淡雪叫來，完全是出自我的任性！『都到了最後一刻了，就讓我不計形象地和推崇對象見個面吧』——就是這麼回事喔！」

我為何會被小瑪娜邀來參加畢業直播這種格格不入的大舞台——這樣的謎團終於進入了抽絲剝繭的階段。

只不過……總覺得剛才的說法還沒辦法釐清我的疑慮耶？

「那個，您其實不用特別選擇Live-ON或是我吧……？畢竟現在以箱的形式活動的V相當多，就算從Live-ON裡挑選，也有晴前輩一類更好的人選……」

「啊——……嗯，該怎麼說，要把這份心情轉化為言語有點困難，但最深得我心的箱，就屬妳們家Live-ON了。該怎麼說……我有感覺到妳們的溫度。」

「您說……溫度嗎？」

「對對。雖然是很抽象的說法，但在看Live-ON的直播——尤其是合作直播之際，我在感到有趣的同時，也強烈地感受到與妳們的溫度相連。然後然後，小晴雖然確實是妳們Live-ON的第一人，但我總覺得這股熾熱的溫度，是以小淡雪為中心擴散出來的喔。」

「呃咦——？」

總覺得聽得有些似懂非懂……真的很抽象呢。

小瑪娜似乎也在想著如何說得更加好懂，先是低吟了一陣子，隨即像是突然閃過了什麼點子似的，發出了「啊！」的一聲驚呼。

「對啦！我覺得就像『家人』一樣！」

「——家人。」

那是——我早以為這輩子就此無緣的存在之名。

好不容易撕扯開來的過去，再次纏上我的身軀。

不對，我只是以為自己扯開了而已。就算再怎麼撕扯纏附在身上的帶刺荊棘，使其蔓延的溫床仍是我自己。縱使能暫且擺平，只要一遇到契機，伸長的藤蔓就會再次包覆全身。我沒辦法憑一己之力扯下這些藤蔓，所以不管再怎麼想出言否定，也只能接受眼前的真相。

世界逐漸變得黑暗。

「嗯嗯，就是這個！Live-ON的大家雖然都很瘋狂，卻不是一盤散沙，而是有種萬眾一心的氛圍呢。感覺大家都盡情地展露真心，因此都認識到彼此最深層的部分呢！所以說！不覺得這樣很像是一家人嗎？」

小瑪娜像是覺得自己講出了一個好答案似的，連珠砲似的說了下去。

而我則是……湧上了難以言喻的困惑之情。

就算被她這麼形容，我依舊不明白什麼叫做家人。

沒有比不瞭解何謂理所當然更為孤獨、更為悲慘的事了。無論是嘲笑還是同情，都只會帶來一股虛無。簡直就像是被指著鼻子說「一切都是你的錯」似的。

即使明白這只是自己的被害妄想，卻又無法原諒一直在鬧脾氣的自己。我沒辦法原諒連他人的溫柔都無法接納的自己，更無法……原諒不管後悔多少次都無法甩開過去的自己。

因為其他人都擁有著我求而不得的東西……

我明明如此自卑，卻又強求著無法得手之物……是以我只能用如此奇怪的問題回應小瑪娜：

「小瑪娜，對您來說，家人是什麼呢？」

我察覺到自己的聲音微微發抖。

是因為困惑嗎？還是不安？

——還是說我正在期待著？

就算我問了如此奇怪的問題，小瑪娜還是沒有抱持任何疑問，認真地思考著答覆。

「嗯——家人嗎——……雖然有些人認為必須血脈相連，但因為也有收養家庭的存在，倒也不能一概而論呢。嗯——……就我看來，即使平時沒有放在心上，但在驀然回首之際能感受到其重要性的對象，應該就是家人了吧。」

「——」

「我在老家生活的時候總是嫌家人麻煩，也有想搬出來住的念頭，但真的開始獨立生活後，就突然冒出了很想見面的念頭，也是在那個當下，我才頭一次察覺自己是怎麼看待家人的。這肯定是因為平時就聯繫在一起，沒能察覺到這份聯繫有多麼重要，直到分開之後，才會明白這樣的聯繫是真的存在呢。」

——這時，我的視線被聊天室吸引住了。

大家都在那裡。

〈朝霧晴〉：耶！是大家庭！我是大家的一家之主！

：晴晴？

〈宇月聖〉：原來到場的不只小淡雪啊。

〈神成詩音〉：當一家人真不錯呢。很好，詩音，咱們結婚吧！這下我就能當爸爸了。

〈晝寢貓魔〉：我願意——！我要當媽咪！

〈祭屋光〉：在別人的頻道裡求婚也太沒禮貌了！是說，貓魔這下從野貓升格成家貓了喵。

〈彩真白〉：二期生也來了？

〈祭屋光〉：光是姊姊！是長女！

〈彩真白〉：咦？小光是妹妹才對吧？

〈祭屋光〉：咦——是這樣嗎——？

〈彩真白〉：沒錯沒錯，姊姊應該是小恰咪吧。

〈柳瀨恰咪〉：小真白！妳很內行嘛！

〈彩真白〉：因為咱喜歡行事草包的姊姊角色。

〈柳瀨恰咪〉：和我預期的理由不一樣……

〈祭屋光〉：唔嗯——算了，如果能當小淡雪的妹妹好像也不賴！奇怪？那這樣一來小真白要當什麼？

〈彩真白〉：啊——要當什麼呢？
〈柳瀨恰咪〉：不是老婆之類的嗎？
〈彩真白〉：乾脆就這樣吧。
〈祭屋光〉：哦哦，是強者的從容！
：啊（尊死）。
〈山谷還〉：還當然是小嬰兒了。
〈苑風愛萊〉：我要當什麼才好～的喲～？
〈山谷還〉：當組長不就得了？
〈苑風愛萊〉：那雖然是一家人沒錯，卻有點不一樣的喲……？
〈相馬有素〉：面對這重大的選擇，我雖然猶豫再三，但還是決定當一條狗！
〈苑風愛萊〉：猶豫這麼久之後選擇這條路的人很少見的喲～
：結果是齊聚一堂嘛。
：這真的是一家人呢。
：感覺好像能懂小瑪娜的意思呢。
：貼貼。
：多麼愛鬧事的家庭……

：這已經是卡戴珊家族（註：指美國電視名人「金・卡戴珊」的家族。曾有電視公司於２００７年為他們的家庭拍攝了實境節目）**了吧？**

：小淡雪的確和所有人聯繫在一起呢。

：與其說是聯繫在一起，不如說是不請自來抓住對方的（不問手段）。

一期生、二期生、三期生、四期生——所有的成員都聚集在這裡——

——我照著小瑪娜的說法，在此時回顧起與大家共度的時光。

腦子裡浮現的盡是些古怪、吵鬧、傻氣的光景——是我重視且樂在其中——是比任何事物都還要閃耀的回憶。

世界正閃耀著強光。包覆著我身體的依然是帶刺的藤蔓，但強烈的光芒也使其開出了大片大騙的花朵。

——啊，我終於明白了。就像回憶能讓聊天的人們心花怒放那般，過去也是專屬於自己的薔薇呢。即使棘刺偶爾會刺傷身體，只要令其照射陽光，就能開出花朵呢。

居然能……開出如此美麗的花朵呢。

大家都在。這裡的每一位——都是我一旦失去就絕對會嚎啕大哭的寶物。

「所以我才會以一名粉絲的身分，覺得Live-ON是個大家庭呢……嗯？難道我搞錯了？」

「不，和小瑪娜說的一樣。我也是被您提點後才首次察覺到，大家真的是我的——心愛的家

咦？小光是妹妹才對吧？
光是姊姊！是長
還當然是小嬰
小真白
妳很內
面對這重大的選擇
我決定當一隻狗！
要當什麼才好
耶！是大家庭！
我是大家的一家之主！
當一家人真不錯呢。很好，詩音
咱們結婚吧！這下我就能當爸爸了
我願意——！我要當媽咪！
在別人的頻道裡求婚也太沒禮貌了！
是說，貓魔這下從野貓升格成家貓了喵。

人呢。」

沒錯，她們正是我賭上了人生踏入Ｖ業界後相遇的——心愛的瘋狂家人。

有些人會認為不值得大驚小怪，有些人會覺得這種想法很蠢，也有些人會嘲笑這只是我的一廂情願吧。

但這些雜音對我來說無關緊要。我能將她們稱為家人，她們也沒有出言否定，而是回應了我的話語。

光是這般交流，就讓我感受到被徹底救贖的解放感。

我沒辦法否定過去，就算瞥開視線也無法抹去，所以好好接納才是最為要緊的。

像是收益遭到沒收，又或是健康出了狀況……所有人都會因為一些契機面對真實的自己，並在接納自己後有所成長。我明明總是在一旁看著她們經歷這些事，自己卻是最晚察覺的一個……哎，這也能說是很有我個人的特色就是了。

接受它——雖然說起來容易，但這就和饒恕一樣，愈是和對象有著千絲萬縷的糾葛，就愈難付諸實行。

然而——謝謝大家。我因為是個傻瓜，所以真的是到現在才察覺——託了大家的福，我總算能原諒自己了。我終於能稱讚好好努力過的自己了。在和大家相處的過程中，我逐漸能認同自己，即使在此時面對著最為嚴重的心靈創傷，我還是能如此笑得如此幸福。

因為有著這些過去，我才能和大家聯繫在一起。所以現在的我，終於能把迄今的人生都當成我自己的一部分了。

這時，看到聊天室裡組織起以我為中心的家譜圖，讓我突然回想了起來。也不知是何時開始……不對，或許打從一開始就是這樣了。我是在無意識之中，為了讓自己成為今天的樣貌而走上這條路的。

「非常謝謝您。」

「嗯？不不不，妳願意受邀出席，要道謝的應該是我才對吧！……不過，差不多到時間了呢。很好，那接下來面對自己推崇的偶像，我就不以一名粉絲，而是以Ｖ界前輩的身分為妳加油打氣吧！妳願意聽我說嗎？」

「當然！」

「我雖然即將徹底從Ｖ的業界離開……但正因為有妳們這些優秀的後輩，我才能畢業得如此風光。今後也要繼續加油喔，我會支持妳的。」

「好的……也謝謝小瑪娜，妳一路走來真的辛苦了！請放心吧，傳說雖然早已開始，但還沒到結束的時候！今後我也會和Live-ON的成員們，繼續閃耀著光芒！」

如此這般，我的出場結束了。在那之後，直播依然順利地進行著，最後則是在強烈的感動之中，目睹了小瑪娜的畢業。

即使是第一次見面，她也教導了我非常重要的事呢。

沒錯。不只是像這樣直接互動而已，正因為間接地——有許許多多的前人打造了虛擬世界的基礎，才有了現在的我們。

有些前人已經像小瑪娜這般畢業，也有些還活力充沛地走在最前線。

也有些人正與我一同走在同一世代，今後也會有陸續出到的後輩。正因為有大家的投入，才有了VTuber的誕生。

希望所有的人們都能獲得幸福。

我的內心經歷了一場情緒風暴。我打算整頓思緒，想用一句話表現當下的心情。而最後想到的，是我從與V相遇至今都不曾變過的樸素句子。

我——最喜歡VTuber了。

幾天後，我獨自站在雙親的墓碑前方。這還是我頭一次憑藉著自身的意志來到此處。雖然墓園占地廣大，但因為我有刻意相準冷清的時段，是以周遭幾乎看不見任何人。

在和小瑪娜相遇之前，我一直對心靈創傷視若無睹。而為了徹底做個了斷……我面對著雙親，緩緩地開口說道：

「我是雪，好久不見了。」

在開口說話後，我登時被自己嘹亮的說話聲嚇了一跳。

「真的很久不見了呢。呵呵，我真是個不孝女。要恨我也沒關係，畢竟我也最討厭兩位了。」

雖然是從小時候就想說的話，但在徹底錯失開口的機會後，那些消散的言詞在這時終於復甦了過來。

「不過……我今天其實並不是要來抱怨的。因為我有一句話一直很想對你們說呢。」

我閉上雙眼深吸了一口氣，隨即緩緩地將視線對準前方，以澄澈的語氣訴說起想講的話——

也就是充盈了內心的謝意。

「謝謝你們把我生下來！……那麼，再見了。」

講完這些，我便離開了墓園。就算今後還會回顧過往，我也不會作繭自縛了。

嗯，因為我是個VTuber呀。如今已可說是現行網路文化的象徵，如果老是被過去束縛，那也未免太難看了。

在回程的電車上，我用手機開啟了Live-ON的官方網站。

我回想起在畢業直播上，小瑪娜在為我加油打氣後，我回覆給她的那句話。

沒錯，傳說雖然早已開始，但還沒到結束的時候——

【Live-ON五期生，正式出道！】

今後也會長長久久地傳唱下去。

後記

感謝各位購買了第六集。我是作者七斗七。

這不是最後一集喔！笑。在網路上投稿的時候也被讀者們狂虧一番呢。

順帶一提，之所以會引起那樣的反應，理由便是本集的最後一章〈心愛的瘋狂家人〉。這一章的標題，是引用自Nijisanji旗下的笹木咲大人所上傳的改編翻唱曲歌詞。我很喜歡這句標語，在打造名為Live-ON的箱時，就是希望她們最終能變成符合這句標語的關係。

由於這集也是一個分水嶺，若是看在各位讀者的眼裡，也能對「心愛的瘋狂家人」這句話感到共鳴，便是我的榮幸。笹木咲大人，謝謝您寫下如此美好的歌詞（倘若造成您的不便深感抱歉……）

接下來順著書腰（註：此指日本原書）的記載，讓我們聊聊本作動畫化的話題吧。

我非常開心，也深感光榮。今後還請製作動畫的相關人士們多多指教了。

我雖然還是為作品受歡迎的程度感到戰慄，但最近總算是稍微習慣了。回想起來，本作是從公布宣傳影片之後就突然爆紅，在那段期間，我差點就要被強烈的壓力給壓死了。能成為人氣作品當然很開心！但若不能回應周遭的期待……光是想到自己要是因為這樣而囂張便可能背叛讀者們的期待，就差點讓我掛了。如果找個隨便的理由打腫臉充胖子，其實也是變相承認自己屈服在強大的壓力底下了呢。

現在的我認為最重要的，還是要能享受下筆的樂趣。樂在其中並哈哈大笑，是真的很重要呢，畢竟我好歹也是個喜劇作家嘛。還請粉絲們為作品歡笑，有黑粉的話也拿我這段文章作為笑柄笑個幾聲吧（還請手下留情就是了……）

那麼，一如終章所提及的，下一集將會加入Live-ON的五期生，讓Live-ON步入下一個舞台，敬請期待。希望我和作品都能繼續成長茁壯呢。

話又說回來，總覺得近期以VTuber為題材的書籍似乎也增加了。我光是上網尋找，就能看到我也深受其影響的老牌作家作品，以及汲取了新奇題材所創作的作品，總覺得這些都很有趣呢。

最後，衷心感謝協助製作第六集的各位工作人員，以及支持我的讀者們，每次都真的很感謝大家。讓我們在第七集再見吧。

©Ghost Mikawa 2022 / KADOKAWA CORPORATION

義妹生活 1~7 待續

Kadokawa Fantastic Novels

作者：三河ごーすと　插畫：Hiten

「追求自我本位的幸福。」
兩人逐漸登上從「兄妹關係」通往情侶的階梯……

隨著與悠太的距離持續縮短，沙季雖然對「彼此的關係要受所有人歡迎有多困難」這點有所體悟，依舊渴望與他有更多互動。然而儘管身處特別的日子，兩人在外卻難有情侶的交流，反而更加感受到距離……最後，總是壓抑自身心意的兩人採取了某種行動——

各 **NT$200~220/HK$67~73**

©Kyosuke Kamishiro, TakayaKi 2023 / KADOKAWA CORPORATION

繼母的拖油瓶是我的前女友 1~10 待續

Kadokawa Fantastic Novels

作者：紙城境介　插畫：たかやKi

「我想……再獨占你一下下，好不好？」
復合的兩人展開同住一個屋簷下的全新日常！

再次成為情侶的結女與水斗談起了祕密戀愛，同時卻也對這種無法跨越「一家人」界線的環境感到焦急難耐。沒想到雙親決定在結婚紀念日來個遲來的蜜月旅行……但主動開口不就是輸了？帶著羞怯與自尊，這場毅力之戰會是誰輸誰贏？

各 **NT$220~270/HK$73~90**

©Takuma Sakai 2022 / KADOKAWA CORPORATION

豬肝記得煮熟再吃 1~7 待續

Kadokawa Fantastic Novels

作者：逆井卓馬　插畫：遠坂あさぎ

與潔絲一同找出瑟蕾絲不用喪命的方法——
根本是豬左擁右抱美少女的逃亡紀行？

為了讓變得異常的世界恢復原狀，瑟蕾絲非死不可？我們與被王朝軍追殺的她展開充滿危險的逃亡之旅，朝「西方荒野」前進。被兩名美少女夾在中間的火腿三明治之旅，出現了意料外的救兵。救兵真正的意圖是？而瑟蕾絲始終如一的戀情，又將會何去何從

各 NT$200~250/HK$67~83

©Mihiro Shinden, Ichigo Kagawa 2022 / KADOKAWA CORPORATION

因為女朋友被學長NTR了，
我也要NTR學長的女朋友 1~3 待續

Kadokawa Fantastic Novels

作者：震電みひろ　插畫：加川壱互

餘情未了？別有所圖？
以選美比賽為舞台，前女友即將展開報復？

在蜜本果憐的安排下，燈子被迫參加校內選美大賽，卻意外陷入苦戰。優提議以燈子罕為人知的可愛一面來博取支持，結果又是做菜又是穿泳裝，甚至還得展現令人難以想像的一面？兩人被前女友來襲的狀況耍得團團轉，戀情究竟會如何發展？

各 **NT$220~250/HK$73~83**

國家圖書館出版品預行編目資料

身為 VTuber 的我因為忘記關台而成了傳說 / 七斗七作 ; 蔚山譯 . -- 初版 . -- 臺北市 : 臺灣角川股份有限公司 , 2023.11-

冊 ; 公分

譯自 : VTuber なんだが配信切り忘れたら伝説になってた

ISBN 978-626-378-170-2(第 6 冊 : 平裝)

861.57 112015451

Kadokawa
Fantastic
Novels

身為VTuber的我因為忘記關台而成了傳說 6

（原著名：VTuberなんだが配信切り忘れたら伝説になってた 6）

2023年11月27日　初版第1刷發行

作　　者：七斗七
插　　畫：塩かずのこ
譯　　者：蔚山

發 行 人：岩崎剛人
總 編 輯：蔡佩芬
編　　輯：邱瓈萱
美術設計：李思穎
印　　務：李明修（主任）、張加恩（主任）、張凱琪

發 行 所：台灣角川股份有限公司
地　　址：104台北市中山區松江路223號3樓
電　　話：（02）2515-3000
傳　　真：（02）2515-0033
網　　址：www.kadokawa.com.tw
劃撥帳戶：台灣角川股份有限公司
劃撥帳號：19487412
法律顧問：有澤法律事務所
製　　版：巨茂科技印刷有限公司
ＩＳＢＮ：978-626-378-170-2

※版權所有，未經許可，不許轉載。
※本書如有破損、裝訂錯誤，請持購買憑證回原購買處或連同憑證寄回出版社更換。

VTuber NANDAGA HAISHIN KIRIWASURETARA DENSETSU NI NATTETA Vol.6
©Nana Nanato, Siokazunoko 2023
First published in Japan in 2023 by KADOKAWA CORPORATION, Tokyo.
Complex Chinese translation rights arranged with KADOKAWA CORPORATION, Tokyo.